클루의
귀환 파티

Housekihaki no Onnanoko

소아란
마녀협회에 소속된 마법사.
사람을 대하는 태도가
나긋나긋하고, 중성적인
이목구비를 한 청년.
하지만 그 정체는 사랑스러운
소녀로 변신하여 '마법소녀
나기땅'이라고 이름을 대는
변태.
마녀협회에 소속된 마법사.
긴 플래티넘 블론드 머리카락이
특징인 말수가 적은 여성.
소아란의 부하이며 그를 좋아한다.
일라쟈
Illagia
Natsu
나츠
리아피아트 지부에 재적하고 있는
민완 경위. 시원스런 성격에
깔끔한 스타일의 여성.
스푸트니크와는 앙숙이다.

character
Housekihaki no Onnanoko
Clue
클루
스프트니크 보석점의 종업원.
잘 웃고 잘 화내는
밤색 머리를 한 여자아이.
'보석을 토하는' 불가사의한
체질의 소유자.
스프트니크
스프트니크 보석점의 점주.
외모만큼은 쓸데없이 멋지지만,
입버릇이 나쁜 짓궂은 청년.
클루의 체질을 알고 있지만,
그녀에게 위험이 미치지 않도록
주위에 비밀로 하고 있다.
Sputnik

aracter
aki no Onnan
세실
마녀협회에 소속된
마법사이자 소아란의
사설 비서. 나이에 걸맞지
않은 어른스러운 언동을
하는 웨이브 진 머리를
가진 여자아이.
엘사
카페 피네의 웨이트리스.
포니테일이 잘 어울리는
온화한 여성.
붙임성 있는 성격으로
나츠와 친한 사이.
유키
클루롤 보석상회의
직원으로, 스푸트니크
보석점을 관리담당하는 여성.
부드러운 인상을 주는
여성이지만……?
Kruroll
클루롤
클루롤 보석상회 회장이자
유키의 의붓아버지.
스푸트니크가 가장 만나고
싶어 하지 않는 인물 중 한 명.

보석을 토하는 소녀
~작은 보석점이 만들어가는 미래~
10

나미아토 지음 | 케이 일러스트 | 김현화 옮김

Housekihaki
no
Onnanoko

Written by Namiato
Illustration by Kei

리아피아트 시

대륙 동부에 위치한,
루카 가도의 역참 마을로
번영했던 도시.
과실과 화훼의 명산지.
치안이 좋고 기후가
온난하여 살기 좋은
곳으로 알려져 있다.

코쿠디에 시

'물의 도시'라는 두 번째
이름을 가지고 있는,
수로가 발달한 도시.
비교적 추운 지방이라
겨울이면 눈이 쌓이지만,
수로는 일 년 내내 얼지 않는다.
마녀협회 지부가 있다.

피네치카 시

리아피아트 시에서
루카 가도를 서쪽으로
나아간 곳에 있는 도시.
과실을 가공한 과자가
유명하고, 클루롤 보석상회
지부가 자리잡고 있다.

뷔알톤 시

대륙에 위치한 최대 규모의
도시. 대륙의 정치, 경제,
문화의 중심을 짊어지는
도시이기에 '대륙 통합 수도'
라고도 불린다.
클루롤 보석상회의 본부와
마녀협회 지부가 있다.

Housekihaki no Onnanoko

Written by Namiato, Illustration by Kei

10

프롤로그

"신세 많이 졌습니다."

뷔알톤 시 철도역에서.

스푸트니크 보석점 점주 스푸트니크는 플랫폼에 배웅하러 모인 네 사람에게 고개를 숙였다.

"근데 진짜 괜찮겠어? 리아피아트 시까지 내가 바래다줘도 되는데."

유키가 말했다. 뷔알톤 시에서 리아피아트 시까지는 철도와 마차를 갈아타야 해서 며칠이 걸리지만, 그녀의 마법으로는 리아피아트 시까지 한순간이면 된다.

스푸트니크는 그 사실을 몸소 잘 알고 있었다.

"응. 괜찮아."

하지만 그 사실을 아는 데도 스푸트니크는 굳이 그 제안을 거절했다.

유키에게 빚을 지고 싶지 않다는 이유도 물론 있지만, 그 이상으로 '마지막까지 버젓하게 스스로 돌아가고 싶다'라고 클루가 바라서였다.

리아피아트 시에서 여행을 떠나 학교를 체험하고 돌아오는 것. 모든 여정을 합법적인 방법으로, 자신의 힘으로 끝내고 싶다고 클루가 말했다. 유키의 제안을 이야기했지만,

그 의지는 굳건했다.

하지만 클루는 스프트니크가 지금도 여전히 보행에 목발이 필요한 부상자라는 사실도 이해하고 있었기에 "스프트니크는 유키 씨의 도움을 받는 편이 나을 것 같아요"라고 쓸데없는 배려도 했지만, 이제 와서 개별적으로 행동하는 것도 이상한 이야기다. 보호자와 떨어져서 하는 여행은 클루도 이미 충분히 경험했을 테니 말이다.

뷔알톤 시에서 더불어 행동했던 경찰관 나츠는 "휴가도 슬슬 끝나가네"라며 한발 앞서 리아피아트 시로 돌아갔다. 그에 닷새 늦게 두 사람도 뷔알톤 시에서 출발할 준비가 다 되었던 것이다.

"영원히 이별하는 건 아니니까."

"응."

"또 와."

"응."

"편지 많이 써서 보낼게."

"응."

종업원 클루는 이 도시에서 생긴 친구 리에와 끌어안고 작별을 아쉬워하고 있었다.

체험학교 이야기는 들었지만, 이 모습을 보아하니 그녀가 이곳에서 좋은 경험을 쌓았다는 것을 알 수 있었다.

"아, 클리우 선배, 저도 편지 쓸게요."

"돈이라도 되는 내용이라면 읽어줄게."

"여전히 깐깐하네요."

보석상 류는 미간을 찌푸리며 웃었다.

……역무원이 종소리를 높다랗게 울리고 있었다. 출발 신호였다.

"쿠."

"네."

함께 차량에 타서 플랫폼을 돌아보았다. 리에와 눈이 마주친 모양인 클루가 코를 훌쩍였다.

배웅하러 온 사람은 넷. 리에와 류와 유키. ―그리고.

입을 일자로 꾹 다물고 있던 클루롤이 딱 한마디 했다.

"조심히 돌아가."

그 말을 선택했다는 사실이 의외라고 느껴졌다.

그라면 마지막에 스푸트니크에게 해줄 말이 불만이나 비아냥 가운데 하나라고 예상했는데 말이다. 그만 그 얼굴을 빤히 쳐다보자 그는 흥, 하고 고개를 돌렸다.

클루와 둘이서 고개를 숙였다.

목발에 의지한 다리는 아직 불안정했지만 앞으로 며칠만 지나면 낫게 될 터다.

"여러모로 감사했습니다."

그리고.

두 사람은 먼 자택을 목표로 출발했다.

*

리아피아트 시(市)는 대륙 동부에 위치한 루카 가도의 역마을로 번영했던 중소 도시였다.

일 년 내내 온난한 기후 덕분에 각종 과실과 화훼의 산지로 알려진 그 도시는 마녀협회 지부는 없지만, 경찰국의 치안 유지 활동이 상당히 우수하여 미해결 사건은 제로나 마찬가지였기에 무척이나 살기 좋은 땅이었다.

그런 도시 한쪽 구석에 점원 두 사람이 일하는 아담한 보석점이 있었다. ――'스푸트니크 보석점'.

리아피아트 시의
집으로 돌아온 날(1)
Housekihaki no Onnanoko

삐비비비비빅, 머리맡의 시계가 요란하게 울려서 클루는 눈을 떴다.

아, 시끄러워. 각오를 다지고 일어난 클루는 거울 안의 자신과 눈이 마주쳤다.

어깨에 닿아서 떨어지는 밤색의 긴 머리카락은 여기저기 뻗쳐 있었고, 큰 것만이 장점인 눈동자는 몹시 졸린 듯 요동치고 있었다.

"……좋은 아침이에요."

잠이 덜 깬 목소리로 누구에게라고 할 것 없이 인사를 하면서 생각했다.

클루의 뷔알톤 시 방문은 요전번에 끝났기에 리아피아트 시로 돌아오기 위해서 점주 스푸트니크와 함께 뷔알톤 시에서 여행을 떠났다.

그럼 오늘은 뷔알톤 시에서 출발한 지 며칠째이며 지금은 어느 도시에 있는 걸까. 그리고 며칠이면 리아피아트 시에 도착할까……?

눈을 한 번 끔벅. 두 번 끔벅. ……세 번 끔벅.

그때 머릿속에서 빛이 가로지르는 듯한 감각이 들었다. 그리고 동시에 잠들기 전의 일을 떠올렸다. 졸린 눈을 비비며 낯익은 거리를 바라보았던 일, 지친 몸을 이끌다시피 해서 마차에서 내린 일, 스푸트니크가 집 문을 열었던 일—.

이곳은 혹시.

클루는 둘러보았다. 방 안에는 폭신폭신한 이불이. 침대 옆에는 앙증맞은 소품이. 그리고 좋아하는 가구들이 있었다. 침대에서 뛰어내려 슬리퍼를 신고 부엌과 화장실도 확인했다. 여느 때의 화장실이 그곳에 있었다!

그리고 창밖에는—클루가 잘 아는 리아피아트 시의 거리가 있었다.

그래, 맞다. 떠올랐다.

어제 밤늦게 클루는 리아피아트 시로 돌아왔던 것이다!

숨을 들이쉬었다. 천장을 올려다보았다.

방 그 자체, 건물 그 자체, 그리고 마을 그 자체를 향한 마음으로 클루는 큰 소리로 이렇게 외쳤다.

"잘 다녀왔습니다!"

아침으로 먹은 빵과 과일은 어제 돌아오는 길에 다른 도시에서 먹다 남긴 것이었다.

두 사람을 태운 마차가 리아피아트 시에 도착한 것은 밤중으로 대부분의 가게는 이미 닫혀 있었고 클루도 스푸트니크도 매우 지쳐 있었기에 장을 보러 갈 마음이 들지 않았다.

어젯밤 스푸트니크는 "피곤해"라는 말을 남기고 자신의 방으로 들어가 버렸고, 클루 또한 대충 정리하고 침대에 뛰어들자마자 기억이 끊어져 버렸다.

어쨌거나 어젯밤에는 귀가했다는 기쁨보다 기나긴 여행 때문에 쌓인 피로가 더 컸다.

하룻밤 푹 자고 나니 마침내 자신이 집으로 돌아왔다는

실감이 들었다.

클루는 몸단장을 하고 2층 자신의 방에서 나왔다. 공동 스페이스를 빠른 걸음으로 걸어서 계단을 내려와 가게로 이어지는 문을 열었다.

자아, 오랜만에 하는 영업이다! 씩씩하게 인사를—.

"좋은 아침입니다. 어라……?"

하지만 그 인사가 급속도로 시들해진 것은 가게 안에 스푸트니크의 모습이 없어서였다. 그러기는커녕 두툼한 커튼이 빈틈없이 닫혀 있고 장식장의 천도 여전히 덮여 있었으며 방범 장치도 해제된 흔적이 없었다.

이것들이 의미하는 바는 즉.

"스푸트니크는 잠꾸러기라니까!"

못 말려 정말! 어처구니가 없었던 클루의 심기는 단숨에 불편해졌다.

오랜만에 온 리아피아트 시, 오랜만에 온 집, 그리고 오랜만에 하는 스푸트니크와의 일. 그에 가슴 설레하고 신이 난 것은 클루 뿐이었나 보다.

뺨이 부루퉁하게 부풀어 올랐다. 개점 준비를 하는 것도 잊고 화가 난 채 우향우했다.

"스푸트니크, 이 멍청이!"

화를 내며 문을 열고 돌아가 후다다닥 계단을 올라가서 스푸트니크의 방으로 이어지는 문에 달려들었다.

문이 잠겨 있지 않아서 손잡이가 쉽게 돌아갔다. 클루는 마차처럼, 연기가 나는 기관차처럼 기세를 누그러뜨리지 않고 달려서—스푸트니크의 침실에 도달했고—그리고—.

"좋은 아침이에요!!"

봉오리를 이룬 이불에 힘껏 뛰어들었다.

스푸트니크의 머리와 눈만 이불에서 들여다보였다. 못 말리는 잠꾸러기! 라고 생각하면서도 가까이에 그가 있다는 기쁨 탓인지 처음만큼의 분노는 느껴지지 않았다.

"아침이에요!! 스푸트니크는 잠꾸러기예요!! 일어나요!! 일어나라고요!!"

"……아……?"

침대에 올라탄 채 양팔 양다리를 버둥거리고 있으니 신음이 들렸다. 이어서 눈을 여전히 감고 있는 그의 미간에 주름이 졌고 이윽고 이불에서 팔이 쑥 튀어나왔다.

손은 머리맡에서 좌우로 움직였고 손목시계를 집어 들더니 그의 얼굴 앞으로 가져갔다. 눈꺼풀 사이에서 희미하게 들여다보이는 잿빛 눈이 시계의 문자판을 비추었다.

그리고 그는 늦잠을 잤다는 사실을 깨닫고 벌떡 일어나는가—싶더니.

다급해하는 모습을 눈곱만큼도 보이지 않고 머리를 긁적이며 상반신을 천천히 일으켰다.

"아직 이 시간밖에 안 됐잖아…… 아침 댓바람부터 대체 뭐야."

"어라?"

현재 시각을 알고도 반응이 이렇다는 것은 가게를 열지 않을 작정이라는 걸까.

아니면 잠이 덜 깨서 아직 여행 중이라고 생각하는 걸까. 놀라고 있으니 스푸트니크의 졸린 눈이 천천히 움직여서 원망스러운 듯 클루를 보았다.

"……설마 너, 내가 어젯밤에 '장기 여행으로 쌓인 피로를 풀고 짐을 정리해야 하니까 내일은 휴업하고 모레부터 영업 다시 시작하자'라고 말한 거 잊었어?"

"헉."

그러고 보니 어젯밤에 집 문을 열면서 그런 소리를 했던 것 같다.

어젯밤에는 클루도 상당히 지쳐 있어서 스푸트니크의 이야기를 절반은 졸면서 듣고 있어 완전히 잊고 있었다.

이게 무슨 일이람! 클루는 핏기가 가신 얼굴로 졸린 눈을 한 스푸트니크를 보았다.

그는 피곤한데, 여독을 풀기 위해 느긋하게 자려고 했는데, 클루가 착각하는 바람에 억지로 일어나고 말았다.

침대 옆에 세워져 있는 목발이 시야에 들어왔다. 상처가 거의 아물었다고는 하지만 긴 여행은 건강에 부담을 주기에 만약을 위해 뷔알톤 시 병원이 빌려준 것이었다. 스푸트니크 본인이 '이제 거의 아프지 않다'라고 했지만, 아직 완전히 나은 건 아니었다.

클루의 여행을 거드느라 지치고 클루 때문에 부상을 입은

스푸트니크에게 대체 무슨 짓을 했나 싶었다. 조금 전에 한 자신의 행동을 떠올리자 가슴이 꼬옥 조여들었다. 침대 옆에 태연하게 세워진 목발이 '못된 애한테 심한 일을 겪은 정말이지 가여운 스푸트니크 씨'라고 클루를 비난하는 것처럼 보였다.

하지만.

그런 클루를 스푸트니크는 원망하지 않았다. 하아앙, 하고 하품을 크게 하고 다시 이불 속으로 돌아갔다.

"……생각났으면 됐어. 너도 좀 더 쉬어. 일어나면 짐 정리랑 가게 청소가 기다리고 있어. 한동안 가게를 비웠으니까 먼지가 어느 정도 쌓였을 테니……."

마지막에는 헤롱헤롱 혀가 잘 돌아가지 않았다. 그리고 바로 잠들어버렸는지 머지않아 곧 코를 골기 시작했다. 이 정도면 나중에 일어났을 때 지금 클루와 대화를 나눴다는 사실도 기억할 수 있을지 없을지 의심스러울 지경이었다.

그저 세상모르고 잘 자는 그의 모습에 억지로 깨우고 말았다는 죄책감은 옅어졌다. 가슴을 쓸어내렸다.

그럼.

클루는 생각했다. 자신은 지금부터 어떻게 할까.

가게는 열지 않아도 된다고 했다. '너도 더 쉬어라'라고 들었다. 그렇다면 클루는 어떻게 해야 할까. 어젯밤에 가지고 돌아온 가방 정리라도 할까. —아니다.

"후후. 스푸트니크. 좋은 생각이 났어요."

대답 대신에 드르렁 하는 코 고는 소리가 들렸다.

잠들었을 때 누군가가 이불 위에서 토닥토닥 다정하게 토닥여주면 무척이나 푹 잠이 든다는 사실을 클루는 알고 있었다. 어째서인지 이유는 알 수 없지만, 무서운 꿈을 꾸고 벌떡 일어나 외로워져 눈물이 펑펑 나올 때도 스푸트니크가 탁탁 토닥여주면 어느새 다시 잠이 든다.

어릴 적에는 그렇게 종종 그가 클루를 재워주었다.

그래서 오늘은 클루가 스푸트니크에게 그렇게 해줄 차례가 아닐까 싶었다. 아침에 느긋하게 기분 좋게 자고 있었는데 깨우고 만 사과도 포함해 클루가 그를 재워주는 건 어떨까!

"그거 정말 좋은 아이디어네요!"

머릿속의 자신의 물음에 스스로 답했다. 그건 어려운 말로 하자면—.

"그게 말이지…… 맞다! 일석이조지요."

곁에서 자는 클루도 기쁘고, 푹 자는 스푸트니크도 기쁘다. 대단한 명안이다.

그리 결정했으니. 클루는 침대로 기어 올라갔다. 그러고 나서,

"잠시 실례하겠습니다."

이불을 걷어서 스푸트니크가 자는 곁으로 기어들어 갔다. 잠이 이미 푹 든 스푸트니크는 클루를 내쫓으려고 하지 않았다.

이불에 머리를 얹었다. 베개가 없어서 머리는 조금 낮아졌지만, 신경 쓰일 정도는 아니었다.

따스하고 보드라운 이불 속. 그것도 스푸트니크의 곁이라는 엄청난 환경에 휴우 하고 안도의 한숨이 나왔다.

그때.

"……응, 으으."

콜록, 하고 헛기침이 한 번 나왔다.

이미 익숙한 여느 때의 그것이다. 목이 메는 듯한 감각.

—하지만.

동시에 떠오르는 말이 있었다.

'어차피 클루도 이제 슬슬 보석을 토하지 않게 될 거니까.'

기침이 두 번, 세 번 나왔다. 어깨가 떨렸다.

더불어 클루의 가슴이 조여들 듯이 아팠던 것은 기침 때문에 숨이 막혀서가 아니었다. ……문득 생각나서였다.

만약 단순한 아침이라면. 더 이상 보석이 나오지 않는다면.

자신이 이곳에 있을 이유가 있을까?

—온몸이 오싹하게 떨렸을 때.

잠들어 있을 터인 스푸트니크의 팔이 뻗어왔다.

보석을 토해내기 쉽도록 클루의 등을 토닥토닥 가볍게 두드려주었다. 그러고 나서 문질러주었다. 부드럽고 자상하게. 괴로운 일은 전혀 없다고 말하듯이.

이윽고 빨간 보석 하나가 클루의 입에서 굴러 나왔다.
커튼 사이에서 비쳐드는 가느다란 빛에 희미하게 빛나고 있었다.
"스푸트니크……."
답이 없었다. 그저 잠자는 숨소리만 들렸다.
……편안함과 깊은 안도감에 휩싸여 클루 또한 잠에 빠져들었다.

*

"응……?"
집이 흔들리는 듯한 묵직한 소리를 들은 것 같아서 스푸트니크는 눈을 떴다.
잠을 푹 잤는지 머리가 개운하고 온몸을 두르고 있던 피로감 또한 거의 사라져 있었다. 상반신을 일으키고 생각한 것은 '나는 어젯밤에 집에 도착했다'라는 것과 '왜 내 옆에 종업원인 클루가 자고 있을까' 하는 것이었다.
아침에 잠입한 클루를 상대로 무언가 말한 듯한 기억은 희미하게 있……지만, 또렷하게는 떠오르지 않았다. 남의 이불에 침입해서 만족스러운 얼굴로 쿨쿨 자는 모습을 보면 볼수록 열이 받지만, 온 힘을 다해 밀치면 큰소리로 불만을 말할 테지. 귀가하자마자 아이의 카랑카랑한 목소리는 듣고 싶지 않았다.

시계를 보자 때마침 정오를 가리키고 있었다. 클루의 이불 침범을 오늘만큼은 너그럽게 봐주고 좀 더 자볼까 하며 재차 이불을 끌어당겼다. 바로 그 순간이었다.

—우당탕탕탕탕!!

"어?!"

"윽?!"

온 건물에 울려 퍼지는 소음에 반사적으로 몸을 일으켰다. 클루도 동시에 몸을 일으켰다.

소리 때문인지 아니면 갑작스러운 스푸트니크의 동작 때문인지 어찌 됐거나 놀란 클루는 자세가 무너져 침대에서 떨어졌다. "으아악" 하고 비명을 지르면서 굴러서 바닥에서 멈추었다.

클루가 어딘가에 부딪히지 않았는지 염려되었지만, 침대에서 떨어졌을 때 휘감은 이불 덕분에 다치지는 않은 모양이었다. 귀를 막고 이불을 덮고서 "적이 습격했어요?! 적이 습격한 거예요?!" 하고 외치고 있었다.

적들의 습격. 그 말에 떠오른 것은 뷔알톤 시에서 일어난 마법사들의 소동이었다. 하지만 그 사건은 다 해결되었다. 리아피아트 시라는 외딴 시골을 방문하려고 하는 마법사는 그리 많지 않고, 애초에 수많은 마법사가 이 도시에서 마법을 사용할 수 없다……는 사실은 알고 있지만, 보통 일이 아니다.

오래 들리지 않았지만, 어딘가 귀에 익숙한 불쾌한 소리였다. 그것은 침실 밖에서 들려왔다. 스푸트니크는 침대에서 내려와 병실에서 빌린 목발을 들었다. 몸을 지탱하기 위해서가 아니었다. 침입자를 내쫓기 위한 무기였다.

침실에서 나갔다. 소리는 복도를 지나 공동 스페이스를 거친 계단 아래의 가게에서 들려왔다.

계단을 내려가는 그때 어느새 방에서 프라이팬을 들고 온 클루가 뒤에 있었다. "뒤는 저한테 맡겨주세요"라고 진지한 얼굴로 말했지만, 수상한 소리의 발생원은 1층이기에 누군가 있다고 한다면 가게일 것이다. 습격받는다고 한다면 선두에 있는 사람인 스푸트니크인 게 당연하다.

다만 클루가 '등 뒤를 지키겠다'라고 작정하고 있다면 마음대로 스푸트니크 앞으로 뛰쳐나오지는 않을 것이다. 그러지 않는 편이 감사할 따름이다.

그래서 적당히 대답하고 스푸트니크는 최대한 발소리를 죽이며 계단을 내려갔다. 클루가 주변을 위협하듯이 프라이팬을 붕붕 휘두르고 그 기세로 발소리까지 저벅저벅 내고 있어서, 스푸트니크 혼자만 발소리를 죽인다 한들 의미가 없다는 사실을 깨달을 때까지 시간이 그다지 걸리지 않았지만 말이다.

요란한 소리는 역시 가게에서 들려왔다. 계단을 다 내려와 가게로 이어지는 문에 몰래 다가가 스푸트니크는 문손잡이를 가만히 쥐고 조용히 돌려서 열었다.

"꼼짝 마라!"

"소리 지르지 마, 이 바보야!"

이쪽의 작전을 철저하게 엉망으로 만드는 우수한 종업원이다.

하지만 다행인지 불행인지 가게에 인적은 없었다. 소리의 정체는 가게 방범 장치였다. 침입자를 인지하면 소리가 나도록 되어 있는 그것은 지금도 여전히 삑삑삑 하고 귀에 거슬리는 소리를 계속해서 내고 있었다.

그리고 침입자를 대신해 가게 중앙에 나타난 것은 쌓여 있는 큰 나무 상자였다.

혹시 폭발물인가 순간 생각했지만, 상자가 낯익었다.

더구나 상자에 메모가 붙어 있었다.

……뭐가 어쩌다 이렇게 됐는지 메모를 읽지 않아도 이해했다.

"쿠. 방범장치 좀 꺼줘."

"아, 네."

클루는 프라이팬을 바닥에 놓더니 스푸트니크의 지시에 따랐다. 고요해진 점내에서 스푸트니크는 나무 상자로 다가갔다.

붙어 있던 메모를 떼서 훑어보았다.

메모에는 낯익은 필적으로 이렇게 쓰여 있었다.

'언제 어디든 신속, 안심, 안전하게! 유키짱의 배달 서비스, 이용해주셔서 감사합니다.'

이걸 위해 일부러 배달 서비스 같은 문구를 생각한 걸까.

형태부터 신경 쓰는 걸 보아하니 확실히 그 마법소녀와 같은 계보라는 느낌이 들었다.

이 나무 상자의 내용물은 뷔알톤 시에서 보낸 스푸트니크와 클루의 짐이었다.

뷔알톤 시에서 돌아올 때 스푸트니크와 클루가 고민한 것이 저쪽에서 구입한 물건들이었다. 역시 대륙통합도시인 만큼 뷔알톤 시에는 리아피아트 시에서는 취급하지 않는 희귀한 물건도 많아 스푸트니크는 여러 가지를 도시에서 구입했다. 클루도 옷이며 잡화며 그만 이것저것 사 모으고 말았다.

문제는 이것들을 어떻게 가지고 돌아갈까였다.

많은 짐에 아연실색한 것은 집으로 돌아가기 사흘을 앞두고 있던 날이었다.

귀가 여정은 길고 리아피아트 시는 멀다. 수하물은 최소한으로 줄이고 싶었기에 택배로 보낼까 생각하고 있을 때 유키가 "그 정도라면 마법으로 보내도 벌 안 받아"라고 말해주었다.

여전히 클루는 이것들을 두고서 "제 힘으로 가지고 돌아갈 거예요!"라고 주장해서 어떻게 해서든 허벅지 힘으로 들어 올리려고 했지만, 물론 그녀의 가는 팔로는 바닥에서 꿈쩍도 하지 않았고 너무 호기를 부리다 방귀가 나오자 얼굴이 시뻘게져서 단념했다.

"가끔은 남을 의지하는 것도 중요하단다"라고 클루롤이

나무라듯이 말했기에—왠지 모르게 스푸트니크에게도 해당되는 것처럼 들린 것은 피해망상일까—클루는 감사 인사를 하며 고개를 꾸벅 숙였다.

그리고 지금 그것이 도착한 것이다.

하지만 나무 상자를 옮겨왔을 터인 유키의 모습은 가게 안에 이미 없었고, 메모 가장자리에 휘갈겨서 쓴 글씨가 남겨져 있었다.

'미안. 무슨 소리가 나네?!'

방음장치를 끄지 않고 이런 큰 짐을 옮기려 갑자기 가게에 나타나면 장치도 본래의 역할을 다하려고 하는 법이다. 어쩌면 호기심으로 쇼윈도를 건드렸을지도 모른다.

어쨌거나 소음에 놀란 유키는 민망해서 그대로 도주한 걸까. 클루롤 보석상회 사무원과 마녀협회 일을 겸업하고 있는 유키의 현재 상태에서라면 우리 가게의 이상 사태에 손을 쓰고 있을 수 없을 만큼 매우 바쁠 테니 서둘러 업무로 복귀했을 가능성도 빼놓을 수는 없지만 어쨌거나 결과는 마찬가지다.

정말 못 말린다. 이미 사라진 것도 모르고 소란을 떤 범인을 찾으려고 재차 프라이팬을 쥐고 "나와요! 무서운 거 아니에요! 조금 아플 뿐이에요!"라며 책상이나 선반 구석을 들여다보고 있는 클루를 보았다.

“쿠. 도착했어.”

“적이요?!”

“짐 말이야.”

부우웅 하고 프라이팬이 공기를 찢었다.

휘두를 때 절대로 손에서 놓치지 말라고 생각하면서 부르자 경계하는 기색을 노골적으로 드러낸 채 뚜벅뚜벅 다가왔다. 하지만 스푸트니크가 두드려 가리키고 있는 나무 상자의 존재를 알아차리더니 표정이 환하게 밝아졌다.

상자 뚜껑을 느슨하게 해서 열기 쉽도록 하려고 손을 썼지만, 그걸 본 클루가 “제가 직접 할게요” 하고 말렸다.

……뷔알톤 시를 방문하면서부터 괜히 클루의 자립심이 왕성해진 것처럼 느껴졌다.

그 자체는 좋은 현상일 테지만, 뭔가 어설프다. 뚜껑에 손을 갖다 대고 시뻘건 얼굴로 끙끙대며 신음하는 클루를 보면서 어째서인지 한창 소동이 벌어진 와중에 본 클루롤의 모습이 떠올랐다.

“왜 처음부터 그렇게 말하지 않았던 거지?”

가까이에 있는데도 의지하지 않는다는 서운함. 무력감.

갑자기 클루의 얼굴이 이쪽으로 향했다.

“역시 힘드네요.”

“거봐.”

다만 물러날 때를 알고 있는 만큼 어쩌면 이 녀석은 자신보다 영리할지도 모른다고 스푸트니크는 생각했다.

속으로 묘하게 이상한 기분을 느꼈지만, 지금 웃어버리면 클루는 분명 자신을 무시한다고 생각해서 화를 낼 것이다. 솟구친 감정을 살며시 억눌렀다.

성인 남성의 힘이라면 상자를 여는 건 손쉽다. 뚜껑을 열어주자 클루는 밥을 기다리고 있던 강아지 같은 기세로 상자 안을 들여다보았다.

기쁜 듯한 얼굴은 평소의 그녀의 모습으로, 그래서 그만 괜히 참견하고 싶어졌다.

"내용물에 빠진 게 없는지 살펴봐."

"네!"

하지만 클루는 그것을 '괜한 참견'이라고 생각하지 않는 모양이었다. 씩씩하게 대답했다.

스프트니크도 바닥에 앉아서 자신의 상자를 열어 내용물을 확인했다.

클루의 짐을 싸는 데는 큰 상자를 두 개, 스푸트니크는 세 개를 사용했다. 스푸트니크의 나무 상자 안에는 치료제 명세서나 처방받고 남은 약, 진통제 말고도 리아피아트 시에서는 취급하지 않는 술이나 식품, 그리고 서적—경영지침서나 최신 기술서뿐만 아니라 장사와는 일절 관계없는 '그냥 마음에 들었을 뿐인 책'도 대량으로 담겨 있었다.

리아피아트 시에도 없는 것은 아니고, 주문하면 살 수 없는 것도 아니지만 역시 실물을 마주했을 때의 구매 욕구는 별개였다.

나머지는 옷 여러 벌과 현지에서 조달한 다양한 일용품이었다. 최소한의 물건은 가지고 있었지만, 부족해서 여러모로 사들인 것이었다. 지금, 옛날처럼 떠돌이 보석상을 하라고 한다면 무리일 거라고 절실히 생각했다.

상자 안에서 한 권을 또 꺼내 제목을 확인했다. 이것은 병원 매점에서 산 시간 때우기용 소설이었다. 굳이 가지고 올 필요는 없는 물건이었다. 유키에게라도 주면 읽지 않았을까 하고 생각하고 있는데 시선이 느껴졌다.

클루가 인상을 찡그린 채 주의 깊게 이쪽을 보고 있었다.

"그 책은."

"응?"

"응큼한 책인가요?"

"응큼한 책이 아니에요."

점주를 뭐라고 생각하는 거람.

관찰하듯이 잠시 이쪽을 보고 있었지만 "뭐어, 믿어줄게요"라고 거만하게 한마디 하더니 자신의 짐 정리로 돌아갔다.

잠시 후에 클루가 묘한 소리를 냈다.

"앗."

"왜 그래?"

물었다. 빠진 거라도 있나 싶었지만, 그건 아닌 모양이었다.

부스럭부스럭, 부스럭부스럭 자신의 상자를 뒤져 안에서 무언가 종이 상자를 꺼낸 차에 스푸트니크를 보았다.

"이거, 스푸트니크한테 주는 선물이에요. 줄게요."

"나도 뷔알톤에 있었는데?"

"그냥 받아요. 선물이에요."

그리고 스푸트니크를 향해 종이 상자를 내밀었다. 받아들어서 열어보자 안에는,

"넥타이?"

"뷔알톤 시에서 팔고 있었어요. 스푸트니크한테 잘 어울릴 것 같아서요."

청색 바탕에 회색 줄무늬가 들어간, 넥타이 하나였다. 상자에서 꺼내 만져보자 천이 고급스럽다는 사실을 잘 알 수 있었다.

"뷔알톤 시에서 신세 많이 졌어요. 보답이에요."

"널 돌본 기억은 없지만 말이지. 그냥 어른들의 싸움이었어."

"스푸트니크는 그리 말하지만, 쿠는 '신세를 졌다'고 생각해요. 그래서 보답이 하고 싶었어요."

딱히 보답을 받을 만한 이유가 없다고 생각하지만.

마침내 건넸다고 우후후 기쁜 듯 웃는 클루에게 일부러 태클을 걸 필요는 없을 듯했다.

"……그럼 받아둘게."

"넵."

지금 매보라고 재촉해서 늘 하던 넥타이를 끌러내고 매보았다. 둘러봐도 거울이 없어서 제 눈으로는 볼 수 없었지만 그런데도 클루는 만족스러운 듯 고개를 끄덕이고 있었다.

하지만—생각했다. 받기만 하고 돌려줄 선물이 아무것도

없는 것도 묘하게 기분이 찝찝했다.

애초에 선물을 산다는 생각 자체가 일절 없었기 때문에 타인이 받아서 기뻐할 만한 것 자체가 이 나무 상자 안에는 없었다. 넌 덜렁대니까 넘어졌을 때라도 사용하라며 남은 약을 주면 그건 그것대로 화를 낼 테다.

학창 시절에는 좋든 싫든 교내 여기저기에 이름이 알려져 있어서 편지며 선물이며 종종 받았지만, 관심을 가지고 살펴보지는 않았다. 건성으로 다루어서 후배에게 자주 설교를 들은—흘려들었지만—기억이 있지만, 사람은 나이를 먹으면 달라지는 법이다.

그런 사실을 뼈저리게 깨달으며 상자 안을 뒤졌다. 클루도 하나하나 그 도시에서의 추억을 돌이켜보듯이 그리운 것처럼 바라보고는 그것과의 만남을 설명해주었다.

이번에 클루가 꺼낸 물건은 장식품 도안 같은 것이었다. "디자인 방법을 수업 시간에 배웠어요"라며 소개한 그 작품은 사람 모양을 흉내 낸 것이었지만, 아무래도 사람이 아닌 부위가 있었다. 뭘 그린 걸까.

"요정이에요."

"요정?"

"스푸트니크, 몰라요? 그 학교에는—."

힘차게 말하다가.

하지만 바로 기세가 꺾였다.

"그 학교에는 요정이……."

"요정?"

기운이 빠진 이유를 스프트니크 또한 바로 헤아렸다. 그래서 스프트니크가 자신의 얼굴을 검지로 가리켜 보이자 클루의 표정이 순식간에 꺼림칙한 듯 일그러졌다. 만약 그녀의 입장에 있는 게 자신이었다면 혀라도 한 번 차게 할 만한 얼굴이었다.

학창시절의 스프트니크가 저지른 여러 소행. 그것이 시간이 흘러 재학생 사이에서 이야기가 전해져 계속 변화한 결과, '학교에 사는 요정'이 불가사의한 힘을 일으킨 기적이라는 전설이 되어 남아 있는 모양이라고 뷔알톤 시에서 후배에게 들었다. 그것과 같은 소문을 클루도 학교에서 들은 모양이다.

그 '요정'을 소재로 한 작품을 만들고 싶다고까지 생각할 줄이야. 클루는 그 소문에 상당히 감동한 모양이다. 애초에 공상적인 면이 있는 아이니까 불가사의한 소문에 설렌 것도 무리가 아닐지도 모른다.

그 정체가 옛날에 학생이었을 적의 스프트니크라고 내막을 듣고서 그녀가 얼마나 큰 충격을 받았을지 상상하기 어렵지 않았다.

현재 지금도 고개를 떨어뜨리고 휴우 하고 한숨을 쉬고 있었다.

"실망이에요. 쿠의 인생에 있어서 3대 실망 거리 중 하나예요."

다른 두 가지는 뭘까.

"소문의 정체는 원래 그런 법이지."

"학교 지하를 마음대로 자기 방으로 삼으면 안 돼요."

"아무도 안 쓰니까 내가 유용하게 쓰는 편이 낫잖아."

어째서 졸업한 지 몇 년이나 지난 지금, 또다시 당시의 소행으로 설교를 들어야 하는 걸까. 그런데도 여전히 할 말이 더 있는지 화가 난 얼굴로 멍청이 하고 입을 뗀 클루를 가로막다시피 하고 말을 뱉었다.

"근데, 뭐, 그렇지."

"뭐가요?"

"학교 재미있었지?"

"……."

어라, 하고 스푸트니크가 생각한 것은.

어째서인지 그에 대해 클루로부터 대답이 없어서였다.

양손으로 든 작품을 빤히 보면서 무언가 생각에 잠긴 듯 고개를 숙이고 있었다. 설마 그렇게까지 요정의 정체에 충격을 받은 건 아니겠지. 하지만 그렇다면 뭐란 말인가?

원래 영문을 알 수 없는 면이 많은 아이지만 이 상태의 이유도 알 수 없다. 한 번 더 말을 걸어야 할지 말지 알 수 없어서 스푸트니크는 망설이고 있었다.

—똑똑똑.

"응?"

쥐 죽은 듯 고요한 실내에 소리가 울려 퍼졌다.

두툼한 무언가를 두드리는 듯한 나지막한 소리. 신발창이 나무 바닥을 두드릴 때의 소리와 비슷했지만, 지금 이 집에 있는 건 두 사람뿐이며 둘 다 바닥에 앉아 있는 상태였다.

클루는 다급히 프라이팬 손잡이를 쥐었다.

그 진지한 얼굴은 평소의 클루였고 그늘은 완전히 사라져 있었다.

"침입자인가요?!"

"그건 이제 끝났어."

범인은 방범장치 소리에 화들짝 놀라서 달아났다. 그래서 이건 그것과는 다른 비상 상태다.

똑똑. 다시 소리가 났다. 소리의 발생원을 알려고 귀를 쫑긋 세웠다. 게다가 한 번 더 들렸다. 입구 건너편 쪽이었다.

"아 정말 뭐야. 오늘은 휴일이라고."

"천별이에요?!"

천벌이라고 정정해주는 것도 귀찮았다.

"그것도 끝났어. 으이차."

다른 건으로 입은 상처는 거의 나았으나 바닥에서 아무 지지대도 없이 일어나는 건 꽤 힘이 들었다. 잘못해서 쥐가 날까 봐 다리에다 대고 기도를 올리면서 일어나 현관으로 걸어갔다. 목발을 사용하지 않아도 평소대로 걸을 수 있었다.

잠긴 열쇠를 풀었다. 문을 살짝 열어 얼굴을 내밀었다.

"어서 오세요. 죄송하지만 저희 가게는 오늘 휴일―."

"경찰입니다."

내쫓는 인사를 하려고 한 그 순간 갑자기 경찰수첩이 눈앞에 들이대졌고 머릿속이 새하얘졌다.

스푸트니크는 이어진 한순간 동안에 경찰이 들이닥칠 만한 사건을 마음 속에서 짚이는 대로 뒤져보았다. 그리고 짐작 가는 모든 것에 정당한 이유를 붙이거나 정상참작이 될 만한 여지가 있다고 속으로 생떼를 부리다가 "아니에요. 경찰관님" 하고 항변을 하던 차에 신분을 밝힌 목소리가 익숙하다는 사실을 깨달았다.

경찰국 리아피아트 지부 민완경위, 나츠.

그리고 그녀 또한 이쪽의 존재를 바로 알아차린 모양이었다.

"뭐야, 너였어?"

"그건 내가 할 소리야."

뭐라 해도 이 가게는 '스푸트니크' 보석점이니까 말이지.

이 가게를 방문한 그녀를 맞이하는 게 이른바 가게 이름을 지은 사람인데도 '뭐야'는 너무 심한 말이지 않을까.

주머니에 수첩을 되돌리면서 나츠가 말했다.

"돌아왔구나."

"어제 한밤중에 말이지. ……아니 이건 무슨 일이야?"

가게 밖에 와 있는 사람은 나츠 만이 아니었다. 그 뒷모습을 지키듯이 주르륵, 온 마을 사람들이 모여 있는 게 아닌가 싶을 만큼 군중을 이루고 있었다.

나츠는 어깨를 으쓱했다.

"아무도 없을 스푸트니크 보석점에서 느닷없이 이상한 소리가 나니까 다들 걱정했어. 조금 전의 이상한 소리 뭐였어?"

"별일 아니야. 오랜만에 귀가해서 깜박하고 방범 장치를 안 꺼서 울린 것뿐이야."

"못 말려."

소란 피우지 말라고, 하고 어처구니가 없다는 듯 말했다.

완전 똑같은 생각을 스푸트니크도 범인인 유키에게 품고 있어서 대답할 말이 없었지만 울린 것은 스푸트니크가 아니었기에 나츠를 비롯한 사람들에게 사과할 마음은 들지 않았다.

"체포할 일은 없다는 거네."

"스푸트니크 씨가 잘못한 거래."

"저런저런."

"해산하자고, 해산."

시시하다는 양 돌아가는 사람들도 남의 가게의 불행을 바라고 있는 듯해서 열이 받았다. 스푸트니크의 표정에서 그가 생각하는 바를 짐작했는지 나츠가 쓴웃음을 지었다.

"뭐라 한들 다들 네 가게를 염려해주고 있어."

"글쎄. 어떠려나."

너무나도 평온한 일상에 좋은 향신료, 또는 좋은 구경거리라고 기대하고 있었을지도 모른다. 흥, 하고 콧방귀를 뀌었다.

"아, 나츠 씨!"

그때였다. 가게에서 얼굴을 내민 클루가 나츠를 보고 활짝 웃었다.

그리고 힘차게 뛰어나와서 나츠를 끌어안았고, 나츠 또한 "클루! 잘 다녀왔어?!" 하고 꼭 끌어안아 화답해주었다.

그리고,

"클루다!"

"클루!"

줄어가기 시작하던 울타리를 이룬 사람들을 갈라 헤치다시피 해서 나타난 사람은 클루의 친구인 안나와 루안이었다. 서둘러 달려와서 클루에게 저마다 "잘 다녀왔어?!"라고 말했다.

—리아피아트 시에서 강제로 뷔알톤 시로 쫓겨나 뷔알톤 시에서 멀고 긴 거리를 여행하다 동쪽 외곽까지 돌아왔다. 뷔알톤 시에서 수많은 트러블을 맞닥뜨렸는데 무사히, 라고 말하는 게 타당한지 알 수 없었다.

그런데도 지금 클루를 '무사히' 이 도시로 데리고 돌아와서 다행이라고 진심으로 생각했다.

두 사람의 귀환을 맞이하는 도시.

클루는 큰 소리로 그녀의 귀가를 기뻐하는 그들의 인사에 답했다.

"다녀왔어!"

미소를 띤 클루의 뺨에 눈물 한줄기가 타고 흘러내렸다.

리아피아트 시의
집으로 돌아온 날(2)
Housekihaki no Onnanoko

유키가 배달해준 클루의 나무 상자 하나에는 작은 봉지에 담긴 쿠키가 산더미처럼 들어 있었다.

예기치 못한 짐에 스푸트니크가 오싹해하고 있으니 클루는 그것을 큼직한 종이봉투 세 개에 나눠서 가득 찰 때까지 각각 담았다.

그리고 "마을 모두에게 주는 선물이에요"라는 말을 남기고 안나와 루안, 셋이서 분담해 종이봉투를 들고는 가게를 나섰다. 어디로 갈 작정인지 잠시 창문에서 상황을 살피고 있었지만, 거리에서 만나는 아는 사람 한 사람 한 사람에게 "선물이에요"라고 말하면서 건네주고 있었다.

가슴의 넥타이를 쥐었다. 그렇게까지 수많은 사람에게 선물을 돌릴 필요가 있을까 하고 절반은 의문스럽게 생각했지만, 이건 스푸트니크 보석점 영업 재개를 알리는 소식이 될 수도 있다. 그리 생각하고 내버려 두기로 했다.

그렇다면, 이쪽은 정리를 계속해나가자. 스푸트니크는 또다시 상자 앞에 털썩 주저앉으려는데.

"스푸트니크."

"……끄아악?!"

갑자기 누군가 자신의 이름을 불러서 하마터면 허리를 삘 뻔했다. 자신 말고 아무도 없을 터인 가게 안, 그것도 아주 가까운 거리에서 이름을 부르는 목소리가 들렸기에 당연한 일이다.

하지만 놀란 것은 상대도 마찬가지인 모양이었다. 스푸트니크가 펄쩍 뛰다시피 해서 일어나 자세를 낮추고 상자 가장자리에 손을 짚은 채 형체를 노려보자 그 사람의 눈은 휘둥그레져 있었다.

"깜짝이야. 갑자기 소리 지르지 마."

"……뭐야. 너였어?"

클루롤 보석 상회의 스푸트니크 보석점 관리 담당이자 조금 전의 소음 사건을 일으킨 범인인 유키였다.

상자에서 손을 떼어내고 허리를 펴서 팔짱을 꼈다.

"진범은 현장으로 되돌아온다더니 진짜였구나. 방범 장치를 삑삑 울려대고 말이지. 동네에 민폐를 끼쳐서 경찰까지 달려왔다고. 어떻게 수습할 거야?!"

"그건 반성하고 있어."

그렇게 말하자 유키는 어깨를 움츠리고 양손으로 각각의 귀를 막더니 아기가 도리질하듯이 몸을 흔들었다.

하지만 거부하는 동작은 아주 한순간뿐이었다. 바로 평소의 모습으로 되돌아갔다.

"지금, 한가하지?"

"안 한가하거든?"

짐 더미를 한창 정리하고 있다는 사실이 일목요연한데 어떻게 보면 한가해 보일 수 있을까.

그래서 빈틈을 주지 않고 그리 대답했지만, 무의미하다는 것도 알고 있었다. 유키의 결정은 절대적이다. 그녀가 '스푸트니크는 한가하다'라고 결정하면 스푸트니크는 한가한 것이다.

아니나 다를까 유키는 스푸트니크의 말에도 우습다는 듯이 웃었다.

엄지로 어깨너머로 자신의 등을 가리키더니,

"잠시 소개하고 싶은 사람이 있는데 와줄래?"

그리고 그건 부탁이 아닌 명령이었다.

한숨을 쉬면서 "얼른 끝내주길 부탁할게"라고 답하자 유키는 또 우습다는 듯이 웃었다.

우선 유키의 손이 스푸트니크의 어깨에 닿았다.

"눈 감아."

들은 대로 눈을 감았다.

"심호흡을 한 번 하고 나서 눈을 천천히 떠."

숨을 크게 들이쉬었다. 눈꺼풀 뒷면의 암흑이 하얘졌고 바람에서 아주 살짝 풀냄새를 느꼈다. 변한 건 그 정도인가, 라고 생각하면서 눈을 뜨고는 놀랐다.

가게에 있었을 터인 자신이 어느새 푸른 하늘 아래 수풀 속에 있어서였다.

발은 풀을 밟고 있었다. 정말이지 황당한 이동이었다. 전이, 라는 건가.

"……그때는 흰빛이라든가 카운트다운이라든가 그런 게……."

"응?"

언제 일을 말하고 있는지 모르는지 유키가 고개를 갸웃거렸다. 뷔알톤 시로 향했을 때, 라고 전하자 납득이 갔는지 "아아" 하고 소리를 냈다.

"그건 연출이었어."

"연출?"

"그 정도로 화려하게 해두는 편이 내가 한 짓이라는 걸 들키기 어렵잖아. 시간을 둔 건 스푸트니크, 네 외출 준비 때문이었고."

분명 그때 유키도 마법에 휘말린 피해자처럼 보였다. 감쪽같이 꾀에 속아 넘어갔다는 뜻이다. 열이 받았다.

유키는 세 걸음 정도 앞으로 가더니 여기 하고 손짓했다. 뒤를 잠자코 따라갔다.

이윽고 오래된 석조 건물이 나타났다. 한 층짜리 건물인 듯 평평한 사각 형태였다. 짙은 회색 벽에 창문은 있었지만, 하나같이 격자로 되어 있고 불투명유리가 끼워져 있었다.

그리고.

입구에는 머리부터 검은 로브를 푹 뒤집어쓴 사람이 두 명 서 있었다. 마법사였다. 얼굴은 알 수 없지만, 키로 보건대 역시 여성이었다.

그들은 스푸트니크 일행을 알아차리더니 얼굴을 서로 마주 보는 듯했다.

스푸트니크는 모르는 듯했지만, 유키는 알고 있는 눈치였다. 마법사가 부른 그 이름은 확실히 그녀를 가리켰다.

"프랑소와즈, 님."
"응."
잠깐의 침묵이 흐른 후,
"……들어오세요."
건물 입구를 열어주었다.
하지만 그 말투, 분위기에서 보건대,
"미움받고 있군."
"후후후. 알아차렸어?"
유키에게 얼굴을 가져다 대고 작은 목소리로 말하자 재미있다는 듯이 웃으며 답했다. 그리고 불쑥,
"익숙해."
마치 그게 당연하다는 듯 말했다.
입구에 있던 마법사 한쪽이 건물 안을 안내해주었다. 외관의 오래된 분위기와는 정반대로 안은 무척이나 윤기가 났고 벽도 천장도 하얬다. 마법사는 유키가 어떤 목적으로 이곳에 나타났는지 묻지 않아도 아는지 발걸음에 망설임이 없었다.
결코 좁지는 않은 단층 건물이라는 것은 외관으로 알고 있었다. 복도는 그에 걸맞게 길고 문이 쭉 나열되어 있었지만, 건너편 어디에도 인기척이 없었다. 외관과 마찬가지로 복도에도 격자창이 동일한 간격으로 있었다. 들여다보았으나 어떤 방이든 아무도 없었다.
하지만 복도를 걷고 있으니 어느 순간 문득 자신들 것이

아닌 숨결을 느낀 듯한 느낌이 들었다. 예상대로 마법사는 그곳에서 발걸음을 멈추었다.

목재 문 하나.

안내 역할을 하던 마법사가 문에 지팡이 끝을 대고 "해제"라고 말하자 하얀 빛이 흩어졌다.

"……들어가시죠."

"후후. 고마워."

마법사가 물러났다. 아마도 담당하던 장소로 돌아갈 테다.

그 마법사가 스쳐 지나갈 때 '죽어 마땅한 마법사년"이라고 중얼거리는 것이 스푸트니크의 귀에 닿았다. 하지만 그 목소리가 떨고 있어서—그 마법사가 유키를 두려워하고 있다는 사실을 알 수 있었다.

아마 유키에게도 들렸을 것이다. 하지만 그녀는 싱글벙글 웃기만 했고 아무 말도 하지 않았다. 물러난 마법사를 비난하지도 않았다.

열린 문을 지나갔다.

안은 널찍했다. 유백색 벽과 천장, 바닥에는 옅은 하늘색 카펫이 깔려 있었다. 방 가장자리에는 다기가 놓인 테이블과 소파가 있었다. 오른쪽 벽에는 안쪽 방으로 이어지는 문이 있었지만, 그건 꽉 닫혀 있었다.

더욱이. 벽 천장 가까이 네 귀퉁이에 부적이 붙어 있었다. 스푸트니크는 그 의미를 알고 있었다. 마법 봉인이었다.

그리고.

그 방 안에 한 여성이 서 있었다.

"……너."

여성이 말했다. 그 눈은 스푸트니크를 보고 있었다.

하얀 블라우스와 연보라색 롱스커트를 걸친 그 여자는 노크도 하지 않고 들어온 손님에 적지 않게 놀란 모양이었다.

검고 길었을 터인 머리카락은 짤막하게 잘려 있고 로브도 입고 있지 않았다. 그래서 스푸트니크는 그 사람이 누구인지 바로 알 수 없었다. 유키가 이름을 불러서 다시 보자 분명히 그 사람이었다.

"안녕. 자보트."

마법사 자보트. 마법사 소아란을 유폐하고 뷔알톤 시에서 클루를 유괴해 소동을 일으킨 장본인이었다.

마법사 소아란은 혐의를 입었을 때 지하 감옥 같은 곳에 갇혀 있었다. 식사도 제대로 된 게 나오지 않았다고 한다. 그에 비하면 이 방은 대우가 좋아 보였다. 그들의 대우의 차이가 어디에서 생기는지는 알 수 없지만.

자보트에게 유키가 물었다.

"이곳 생활에 부족한 건 없어?"

없을 리가 없잖아, 하고 스푸트니크는 생각했다.

마녀협회 본부직원의 딸로서 태어나 코쿠디에 지부의 지부장으로 임무를 맡고 있던 그녀는—구체적으로 얼마나 대단한지 스푸트니크는 알 수 없지만, 분명히— 마법사 중의 엘리트였을 것이다. 그런데 마법사의 정복인 로브조차 입을 수 없는 현재 상황이 얼마나 치욕적일까.

유키를 본 자보트가 입을 뗐다.

그건 예상했던 대로 생활필수품 이야기가 아니었다.

하지만 필요한 것에 대한 말도, 생활에 대한 불만을 터뜨리는 말도 아니었다.

"넌 몰라."

나지막하고 차분한 목소리였다.

"그 여자애가, 그 '체질'이 얼마나 귀중한지를."

여전히 포기하지 않았나 생각했지만 그렇지도 않은 모양이었다.

자보트 내면에서는 이룰 수 없다고 이미 깨닫고 있지만, 누군가에게 말하지 않을 수 없었던 것이다. 그런 모습이었다.

그리고 그 말을 듣고 올바르게 해석할 수 있는 상대는 마법사 중에서도 극히 한정되어 있을 것이다.

"자보트."

유키가 그녀의 이름을 불렀다.

그 목소리도 차분했다.

"마법 연구는 아직 발전 중이라서 해석 기술이 확실하지 않아. 지금 그 애를 실험체로 삼았다 한들 우리가 알 수 있는 건 적어. 게다가."

생각하듯이, 또는 망설이듯이 고개를 숙이고.

그리고 유키는 어째서인지 한 번 스푸트니크를 보았다.

하지만 바로 자보트에게 방향을 바로잡고,

“……네가 모를 리가 없어. 자보트, 알고 있지?”

그녀의 물음에 자보트는 답하지 않았다.

그래서 유키의 말이 이어졌다.

“마법사는 수가 적고 배타적이고 폐쇄적이고 오만해서 새로운 스타일을 받아들이지 못해. 이런 종족은 앞으로 100년도 지나지 않아 쇠퇴할 거야. ……자보트, 넌 알고 있었을 거야. 지금 단 한 명의 소녀를 희생시킨다 한들, 낡은 태도를 고수하는 지금의 이 조직의 도태에 저항할 힘은 없어.”

유키를 보았다. 그녀는 묘하게 차분했다. 아니, 냉랭한 시선을 자보트에게 보내고 있었다.

그리고 한편, 마치 그 열기를 빨아들인 것처럼 자보트의 눈동자는.

“프랑소와즈, 나한테 안다고 했지?”

목소리는.

열기를 띠며 떨리고 있었다.

“그럼 이 일도 넌 알고 있겠지. 나랑 같은 연구를 하고, 나랑 마찬가지로 마법의 미래를 찾았던 너라면! 우린 뛰어난 종족이야. 드문 힘을 가진 종족이라고. 우린 세상에 남을 필요가 있는데, 사라져버려도 될 리가 없는데 어째서 그렇게 포기하는 거지?! 어째서 눈앞에 있는 가능성을 버릴 수 있단 거야?!”

너라면 알 거야. 다시 한 번 반복된 그 말을 듣고.

스푸트니크는 유키가 보내는 차가운 시선의 의미를 알아

차렸다.

이 두 사람의 처지는 비슷하다. 같은 인간의 비호 아래, 관리하에 놓인, '마법'이라는 동일한 것에 매료되어, 광석증이라는 것에 매료되어, 같은 마법 조직 안에서 지위를 얻었고—하지만 한쪽은 조직에서 빠져나와 넓은 세계를 보았고, 한쪽은 좁은 조직 안에서 미래를 찾았다.

유키가 말한 그녀의 성장 과정을 떠올렸다. 만약 그때 조직에서 내쫓긴 게 자보트였다면 어떻게 되었을까. 세상을 본 자보트는 지금 무슨 생각을 하고 있을까?

자보트가 팡송을 죽은 사람으로 처리하려고 한 그때 만약 팡송이 자보트를 심판하였더라면.

자보트가 세상을 보았더라면.

그런 생각을 유키는 지금 하고 있는 것이다.

그리고 동시에 스푸트니크는 생각했다.

클루가 '배우고 싶다'라고 한 말. 체험학교에 갔던 일.

사람을 두려워하고 스푸트니크가 없는 장소라면 겁에 질려하는 클루에게 있어서 낯선 땅으로 가는 것은 대단한 용기가 필요한 일이었을 것이다. 그런데도 가고 싶다고 한 것은 어째서일까. 그녀의 심경에 변화가 생긴 이유는 어디에 있을까.

—무언가를 위해서.

클루는 앞으로 나아가려고 한 걸까.

"프랑소와즈 님."

복도에서 이름을 부르는 목소리가 들렸다.

열어두고 있던 문에서 들리고 있는 것이겠지. 조금 전에 안내 역할을 한 마법사였다. "이제 나와 주셔야 합니다"라고 유키에게 충고해서 두 사람을 방에서 내보내더니 문을 닫았다.

문이 닫히기 직전 유키가 실내를 향해 "또 올게"라고 말했지만, 대답을 들을 수도, 그 말을 들은 자보트의 안색을 엿볼 수도 없었다.

그저 소리도 없이 문은 닫히고 지팡이에서 피어오른 빛의 입자가 그녀를 원래대로 가둬버렸다.

"팡숑."

마법사에게 이끌려 건물 입구에 도착하자 그곳에는 마법사가 한 사람 늘어 있었다. 건물 안내를 하던 마법사와 입구에서 대기하던 마법사와 그리고 한 사람.

스푸트니크는 그 새로운 마법사와 만난 적이 있었다.

마법사는 유키를 팡숑이라고 불렀다. 하지만 곁에 서 있는 스푸트니크를 보고,

"다른 이름이 있었지."

"올리비아, 됐어. 이건 신경 쓰지 마."

바쁜 와중에 억지로 끌고 와 놓고서는 이거, 라니 무슨 인사법이람.

하지만.

그에 이어진 마법사 올리비아의 반응이야말로 타당한지 아닌지는 별개의 이야기다. 유키의 관리자이자 마녀협회 본부의 마법사, 자보트의 어머니인 올리비아는 푹 덮어쓴 후드를 뒤로 넘기고 얼굴을 드러냈다. 그리고,

"스푸트니크 님—."

"그러시지 않아도 괜찮아요."

나이가 클루롤쯤 되는 사람이 공손하게 고개를 숙이자 스푸트니크는 당황했다.

그녀를 다급히 멈추게 했다. 올리비아는 고개를 천천히 들더니 "부상은 어떠신가요?"라고 스푸트니크의 몸 상태를 물었다. 그 말에 이면은 없었고 진심으로 스푸트니크의 건강을 걱정하고 있는 듯했다.

"그게. 덕분에 상당히 좋아졌습니다."

"마법으로 치유하는 방법도 있었을 텐데."

"아니, 관두는 편이 나아. 과분한 기술은 사람을 타락시켜. 긴급한 상황이라면 그렇다 쳐도 쓰지 않아도 된다면 사용 안 하는 편이 낫지."

유키가 한 그 말에는 확실히 일리 있었다.

하지만 실실 웃는 유키의 태도가 지나쳤다고 느꼈는지 올리비아가 노려보았다. 그러자 유키는 다른 쪽을 보면서 히죽 웃고는 잠자코 있었다.

올리비아의 시선이 스푸트니크에게 돌아왔다.

"그 애는…… 클루는 건강한가요?"

"건강하고말고요. 조금 전에도 뷔알톤 시에서 사온 선물을 나눠줄 거라며 씩씩하게 가게에서 뛰쳐나갔어요."

"그런가요?"

대답이 온화했다. 그 입술에 미소가 떠오른 동시에—.

"앗!"

유키가 갑자기 소리를 질러서 스푸트니크는 그만 습격인가 하고 태세를 취했다.

하지만 주변에는 온화한 공기가 흐르고 있었고 기묘한 기척도 느껴지지 않았다. 놀라게 하지 말라고 한 그때 유키가 다급한 모습으로 스푸트니크를 보았다. 그 모습은 역시 연기로는 보이지 않았다.

"까먹었었네. 가게 문 안 잠그지 않았어?"

그 말을 듣자 떠올랐다. 아차.

입구는 잠겨 있지 않았고 방범 장치도 꺼져 있었다. 설마 이 타이밍에 좀도둑이나 강도가 우연히 방문할 확률은 낮지만, 제로는 아니다.

"얼른 돌아가자."

"응. 그럼 또 봐, 올리비아. 아, 맞다. 상담하고 싶은 게 좀 있으니 나중에 또 갈게."

"……상담이라고 해도 어차피 제대로 된 것도 아닐 거면서."

"아니야. 앞으로의 활동에 대해서랑 마법 소녀에 관한 거야."

마법 소녀. 그 시답지도 않은 마법 소녀.

유키는 마법사의 미래가 '쇠퇴한다' 고 말했다. 그리고 자보트 또한 그 결론을 부정하지 않았다. 그렇다면 미래—스푸트니크가 죽고서 보다 먼 미래에 언젠가 이 세상에서 마법사라는 인종은 전멸하는 걸까.

유키나 자보트가 예상하는 그게 확정된 미래인지 아닌지는 모른다. 다만 정말로 쇠퇴한다고 치고 구할 수 있는 사람이 있다고 한다면 유키 같은 이런 규격 외나 마법 소녀 같은 자유분방한 사람들일지도 모르겠다고 문득 생각했다. 마녀협회의 판단에서 벗어나 미래의 가능성을 끌어안고 자유분방하게 살아가는 그들.

—그리고.

어째서 유키는 지금 자신을 자보트와 만나게 한 걸까.

"유키. 그리고…… 올리비아 씨."

그런 생각을 했더니.

자연스럽게 입에서 말이 새어 나왔다.

"난 마법사가 아니니까 당신들 미래가 어떤지는 모릅니다. 진보도 쇠퇴도, 그러기 위해서 뭐가 필요한지도."

미래는 스푸트니크로서는 가늠해본 적도 없는 것이다.

애초에 마법사의 미래도 스푸트니크의 미래도 클루의 미래도 선택하는 길이 정답인지 아닌지는 누구도 현재 알 수 없을 것이다.

"다만."

다만 그래도.

현재의 스푸트니크가 딱 한마디 할 수 있는 말은.

"쿠는, 그 녀석이 원하는 대로 살게 해주고 싶어요."

세상 무엇에도 얽매이지 않고.

그녀가 선택한 미래를.

어느 날 밤
Housekihaki no Onnanoko

"마법 소녀가 나타났어!"

"쫓아!"

추격자의 목소리를 등으로 받으면서 마법 소녀는 밤을 달렸다.

"이제 필요 없다는 건 알고 있지만."

전리품을 손에 들고 민가 지붕 위를 달리면서.

헤헤, 하고 마법소녀 나기땅은 작게 웃었다.

하얀 스커트와 하얀 망토를 휘날리며 마법소녀는 밤을 나아갔다.

하얀 미소녀, 그것은 클루를 구하기 위해, 마녀협회에 반격하기 위해 마법사 소아란이 마법사 팡숑을 흉내 내 둘러쓴 가짜 모습이었다.

다만 팡숑의 생존 확인과 재회를 이루고 클루의 신변의 안전이 확보된 지금, 자신이 세상을 시끌벅적하게 하는 이런 쾌락범 흉내 놀이—아니 흉내 놀이라고 할까, 그 자체라고 해야 할까—를 할 이유는 없어졌다.

—하지만 그런데도 오늘 이렇게 세상을 소란스럽게 하는 것은.

"그런데 갑자기 사라지면 클루나 팡숑과의 관계를 의심받게 되는 것도 문제네, 맞아."

자신에게 변명을 했지만, 실제로는 이 '오락'을 버릴 수 없을 뿐이다.

마녀협회 본부의 조사 결과, 소아란의 마녀협회 반역 혐의는 억울한 죄로 밝혀졌고 모든 게 마법사 자보트의 모략이었다는 결론에 도달했다.

소아란은 깔끔하게 무죄로 풀려났고, 마녀협회 코쿠디에 지부의 부지부장 직위에도 변함없이 복귀를 허가받았으며 더구나 협회에서도 위로금이라는 형태로 얼마간의 돈—여러모로 입막음을 위한 돈도 포함되어 있었다—이 나와서 주머니도 두둑해졌다.

한편 상사였던 자보트와 그 일파는 해고되었고 일반인의 유괴죄와 상해죄, 마녀협회에 대한 반역을 계획한 혐의 등으로 여러 재판을 기다리게 되었다.

모든 것이 정리될 만큼 정리되었다고 생각했지만.

소아란의 수난은 거기서부터 본격적으로 시작되었다.

며칠간이라고는 하지만 갑자기 지부장을 잃은 마녀협회 코쿠디에 지부의 혼란은 상당했다. 협회 본부에서 청취와 조사 협력을 다 마치고 나서 직장으로 돌아온 소아란을 기다리고 있던 것은 결제되지 않은 서류 더미와 절반은 울다시피 하고 있는 지부장 대리였다.

들어보니 코쿠디에라는 지방에 대해 아무것도 듣지 못한 채 "그냥 가"라는 말만 듣고 파견되어 왔다고 한다.

사설비서 세실도 소아란이 부재한 틈을 메우려고 노력해주고는 있었지만, 그녀의 권한이 닿지 않는 것도 많아서 복귀하자마자 지부장 대리와 연일 야근 작업을 하게 되었다.

그렇게 되면, 물론 스트레스가 쌓이다 보니—.

결과, 이 마법 소녀 소행을 저지르게 되었다.

“역시 적당한 운동은 중요해.”

사랑스러운 얼굴, 살랑대는 옷. 서류 업무에서 벗어나 마음껏 마법을 발동시킬 수 있는 해방감.

더구나 더구나 말이다. 천적이던 마법사 일라쟈가 마법 소녀의 정체와 그 이유를 알게 된 지금은 그녀가 마법소녀 체포에 기를 쓰는 일도 없어졌다!

따라서 유유자적하게 맘껏 놀 수 있었다.

불꽃이라도 한 발 쏘아 올릴까 하고 별하늘을 올려다본 그 순간이었다.

“마법 소녀! 기다려!”

……귀에 익은 목소리가 들려서 자연스레 인상을 찌푸렸다.

발걸음을 멈추고 목소리가 나는 쪽을 보자, 그곳에는.

“오늘에야말로 널 체포하겠어. 각오해! 그리고 내려줘!”

“그러니 높은 곳에는 올라가지 말라고 네게 늘 말하잖아!”

어째서 학습하지 않는 건지, 나무 위에서 가지에 필사적으로 매달려 눈물이 그렁그렁한 마법사 일라쟈의 모습이 보였다.

“그리고 넌 내 정체를 이미 알고 있잖아. 왜 오늘도 날 쫓고 있는 거야!”

“난…….”

조금 서늘한 밤바람이 일라쟈의 머리카락을 흔들었다. 그에 유혹당한 건 아니지만 뺨이 조금 누그러들었다.

그 표정에 번지는 외로움에 마법소녀의 가슴은 두근두근 뛰었다.

"……네. 전 당신을 좋아하고 있어요. 다정한 미소도, 집무 중에 보이는 진지한 표정도, 숨기는 데 서툰 눈동자도 전부 다 전부 다."

떠오른 것은 '본업'으로 소아란을 도운 그녀의 모습.

덜렁거리지만 올곧고 소아란을 용서한 그녀.

"리아피아트 시에서 여전히 마음속에 품고 계신 프랑소와즈 님에 대한 감정을 알고 한 번은 포기하려고 했지만, 그것도 이루어지지 않았어요……. 두 분의 이야기를 듣고 두 분이 연애관계가 아니었다는 사실을 알았을 때 이런 때가 중요하다고 자각하면서 마음이 뜨거워졌어요. 저에게도, 저한테도 기회가 있는 게 아닐까 생각이 들어서요……."

"—그렇다면."

머뭇거리는 일라쟈의 말을 마법 소녀는 가로막았다.

마법 소녀는 지금의 자신의 모습이 귀엽다는 사실을 믿어 의심치 않는다. 하지만 사랑을 말하기에 적합한 장소나 차림은 별개인 법이다.

그래서 그 이야기는 나중에 다시 하기로 했다.

그리고 지금 해야 할 말은 다음과 같다.

"더더욱 나를 잡으러 나타날 이유가 없잖아."

"아뇨. 아니에요!"
죄인으로서 마법 소녀를 잡는다는 것은 그 정체인 마법사 소아란을 재판하겠다는 것이나 다름없다.
천하의 바보, 아니 마법사 일라쟈의 조금 부족한 머리로도 그 정도는 상상할 수 있을 게 분명하다. 하지만 그녀는 고개를 크게 저었다.
결의를 다진 눈동자를 마법 소녀에게 돌리더니 그리고 선언했다.
"사랑하는 사람이 길을 잘못 들었다면 보고서도 못 본 척할 수 없어요! 제 손으로 그 죄를 바로잡는 것이야말로 진정한 사랑이 아닐까요!"
"아, 이거 번거로운 녀석이네."
너무나도 반듯해서 귀찮은 녀석이다.
"네. 그러니 전 제 손으로 당신을—마법 소녀를 잡아서 협회 본부에서 정식 재판을 받게 할 거예요!"
"싫어!"
메롱 하고 혀를 내밀었지만 일라쟈는 성모 같은 다정다감한 미소를 지었다.
"괜찮아요. 매일 면회 갈 거니까요."
"하나도 괜찮은 요소가 없잖아!"
불쾌해서 말을 뱉어낸 것과 동시에 먼젓번에 '본업' 쪽에서 만난 고난을 떠올렸다. 그렇게 어둡고 서늘하고 밥도 맛없는 감옥으로 두 번 다시 돌아갈 순 없지!

그런데도 일라쟈는 자신의 의견을 바꿀 기색이 없었다. 그녀는 다시 지팡이를 짚더니,

"그러니 마법 소녀, 각오—꺄아악!"

"일라쟈!"

그리고 예상대로 미끄러졌다. 일라쟈의 손에서 지팡이가 휙 날아갔다. 나뭇잎이 스치는 소리, 가지가 부러지는 소리를 들으면서 마법 소녀는 다급히 마법을 전개했지만.

그것보다 더 빨리 일라쟈에게 닿은 도움의 손길이 있었다.

"……어라?"

낙하한 일라쟈의 몸을 공중에 띄운 마력의 빛.

처음에는 입자처럼 반짝반짝 날아다니던 그것들은 이윽고 하나의 굵은 비단 띠가 되어 펼쳐졌고 일라쟈를 감쌌다. 그것은 일라쟈를 통째로, 지는 나뭇잎처럼 천천히 내려오게 해서 땅에 살짝 그녀를 내려놓았다.

띠는 나타났을 때와 마찬가지로 소리 없이 허공으로 녹아갔다.

"누가……."

숨을 죽이고 귀를 쫑긋 세우고서 기척을 살폈다.

마법소녀가 정체를 발견하기보다 앞서 서걱, 하고 땅을 밟는 소리가 났다.

그쪽을 쳐다보자 형체가 보였다. 하얬다. 마법 소녀와 마찬가지로 어둠에 빛나는 색을 두르고 있었으나 그 본질은 전혀 달랐다. 옷에 무언가 특수한 마법이 걸려 있는 것도 아

닌데 경박하게 휘날리지 않는 공기를 품고 있었다.

태연한 얼굴로 백의 주머니에 한 손을 찔러 넣은 그 사람은 허리를 굽혀 일라쟈의 지팡이를 주워들더니 전혀 위험하지 않다는 말투로 이렇게 말했다.

"에고에고. 큰일 날 뻔했네."

"팡숑!"

팡숑, 마법사 프랑소와즈. 자신의 옛 약혼자.

마법사 로브 위에 백의를 걸친 그 차림은 그녀에게 제일 익숙한 스타일이었다. 안경을 끼고 있는 것은 시력 문제가 아니라 몇 해간 해온 잠복 생활 탓에 끼지 않으면 불안하기 때문이라고 먼젓번에 말했었다.

하지만 지금 신경 써야 할 것은 그녀의 복장이 아니었다.

―왜 그녀가 이곳에 나타난 걸까?

하지만 팡숑은 마법 소녀에게는 눈길 한 번 주지 않고 일라쟈의 곁으로 걸어가더니 그녀에게 지팡이를 내밀면서 미소지어주었다.

"다치진 않았어?"

"아, 네에. 감사합니다!"

지팡이를 쥐는 손을 가슴에 대고 눈을 반짝이며 감사 인사를 하는 일라쟈. 대상이 무사하다는 사실을 확인하더니 팡숑은 마침내 옥상 위의 마법 소녀에게 눈길을 보냈다.

히죽 웃더니 오른손을 살랑살랑 흔들고 있었다.

"하이! 잘 지냈어? '마법 소녀'."

"……팡숑, 너 왜 이런 곳에 있는 거야? 마녀협회 본부직원이랑 보석 상회 사무를 겸임해서 바쁘다고 들었는데."

그러자 팡숑은 주먹을 입에 대고 눈을 꾹 감고서 싫어싫어 하듯이 온몸을 흔들었다.

빈말로도 귀엽지는 않았다.

"그야, 그야. 이런 곳에 반듯한 여자아이가 얄미운 마법소녀를 잡으려고 열심히 노력하고 있는걸. 그러면 일손을 빌려주고 싶어지지 않겠어?"

"뭐어?"

그러세요, 하고 대강 맞장구를 쳤다.

마법소녀에게 먹히는 기색이 일절 없다는 사실을 알고 나자 팡숑은 바로 그 애교 떠는 동작을 멈추었다. 그리고 짝, 하고 손을 펼치더니,

"뭐, 사실은 말이지."

"응?"

"협회에 복귀하는 데 유력자인 올리비아의 조언이 있었다고 하지만 서류상으로는 사망이라는 형태로 현장에서 떠나 있었잖아. 알고 있을 테지만, 마녀협회는 그런 '행실이 바르지 않은' 마법사에게 가혹한 곳이지."

"그렇지."

마녀협회 본부는, 아니 마법사는 기본적으로 보수적인 녀석들이 모인 곳이다.

그런 녀석들이 예전에 호위자와 연구자로서 능력을 발휘

했다고는 하지만 팡송이라는 파격적인 존재를 쌍수를 들고 환영할 리가 없다.

"그래서 좀 마녀협회가 끌어안고 있는 문제를 한두 개 해결하고 상납해서 내 실력을 드러내면 상대도 내 존재를 인정해주지 않을까 싶어서."

과연 그렇군.

가장 그럴싸한 이유로 들렸지만,

"본심은 뭐야?"

"량 퇴치가 재미있을 것 같아서."

그럴 것 같다 싶었다.

몇 년이 지나 재회했는데 전혀 변하지 않는 파트너의 행동 이념에 한숨을 쉰 그 순간—.

"앗, 뜨거!"

갑자기 나타난 마력의 화염을 순간적으로 피했다. 망토 끝자락이 조금 그을렸다.

"따라서 내 지위와 명예와 미래와 오락을 위해 팍 쓰러져서 몇 년 동안 맛없는 밥을 먹어주는 게 어때? 량, 아니 마법소녀!"

"옛 약혼자를 팔아넘기려는 짓을 하다니 부끄럽지도 않아?!"

"털끝만큼도 안 부끄럽거든?"

"그렇겠지?!"

그녀는 옛날부터 그런 녀석이었다.

"참고로 올리비아한테는 '둘 다 다 큰 어른이니 적당히 해라' '불필요한 손해와 사망자를 내지 말라'고 허가를 받았어."

"그게 허가라고?"

한때 소아란을 기르고 팡숑을 주워다 두 사람을 자신의 관리하에 둔 마법사, 교육 담당 올리비아. 지금은 마녀협회 본부에서 출세해 인사과를 담당하는 지위에 오른 마법사니까 정확하게는 '전직' 교육 담당이라고 해야 하나.

딸 자보트가 불상사를 저질러서 그 어머니인 그녀에게도 무언가 처벌이 내려올 거라 추측했지만, 협회는 그 내용을 공표하지 않았고 그녀 자신도 "너희가 알 필요는 없어" 라며 입을 열지 않았다.

—그건 그렇다 치고.

무언가 대꾸하고 싶다고 이를 갈고 있으니 스르륵 하고 팡숑에게 다가간 그림자가 있었다.

일라자였다. 시선은 이쪽으로 향하면서도 얼굴을 팡숑에게 들이대고 의미심장한 표정으로,

"조심하세요. 팡숑 언니. 적은 강해요."

"괜찮아. 이루. 내 힘을 잘 알잖아?"

팡숑 언니? 이루?

……아이고.

마법 소녀의 마음에 작은 그림자가 피어올랐다. 이 두 사람은 어느새 애칭을 서로 부르는 사이가 되어 있었다.

"바로 잡아 보일게. 날 믿고 기다려."

"넵!"

……아이고아이고.

감동한 모습으로 고개를 끄덕이는 일라쟈의 모습에 마음의 그림자가 커졌다. 그녀가 사랑스럽다고 생각하는 사람은 그녀가 상대하고 있는 자신이지 않았던가?

더구나 팡숑을 비추는 일라쟈의 눈이 묘하게 초롱초롱 빛나고 있다는 사실을 알아차렸다.

"그렇게 됐군. 그래."

내뱉은 목소리가 괜히 밉살스러워졌다.

팔짱을 끼고 고개를 끄덕인 마법 소녀의 모습에 의아한 얼굴로 팡숑이 이쪽으로 향했다.

"왜, 량?"

하고 그녀가 물었지만 대수로운 일은 아니었다.

그저 그녀에게.

—싸움을 걸려는 것뿐이야.

"이해했어, 이해했다고. 즉, 넌 '젊고 사랑스러운 나'를 질투해서 이 자리에 나타났다는 거네. 아줌마?"

"아줌……?!

안경 너머로 보이는 눈동자가 아연실색해서 휘둥그레졌다.

그 표정에 만족하면서 고개를 크게 끄덕였다.

"그래, 그래. 아니, 뭐 심정은 이해 못하는 것도 아니야. 한창 때가 지나서 흰머리 한 가닥이 앞머리에 섞이기 시작하고 눈가에 잔주름이 생기는 게 아닐까 하고 거울이랑 눈

싸움 하는 하루하루. 그런 때에 나타난 나라는 수수께끼 미소녀 마법사에게 사랑스러움에도 젊음에도 진 데다.”

팡숑의 눈앞에 작은 빛의 덩어리가 생겼다. 그건 틈을 두지 않고 팡 하고 터졌다. 살상 능력은 없지만, 위협하기에는 충분할 터였다.

마법 소녀는 고개를 갸웃거리고 씨익 웃었다.

“마법에서도 지게 되면 너한텐 설 곳이 없겠지?”

“호호호호호호호.”

어떻게든 웃으려고 하고 있지만 멀리서 봐도 알 수 있을 만큼 뺨이 경련하고 있었다.

“량, 말빨이 늘었네?”

“량? 아니, 누굴 말하는 거지? 아줌마? 노화해서 마법 실력뿐만 아니라 기억력 쪽도 이상해졌어? 나한텐 마법소녀 나기땅이라는 앙증맞고 귀여운 이름이 있거든? 기억하고 돌아가 주면 고맙겠어, 아, 줌, 마.”

찌익, 하고.

무언가가 찢어지는 듯한 소리가 들린 느낌이 든 건 착각일까.

고개를 숙인 팡숑의 손바닥에 희고 큼직한 빛의 구가 생겼다. 고개를 들고 찌릿, 이쪽을 날카롭게 노려보는 시선 또한 먹이를 발견한 짐승처럼 번뜩이고 있었지만, 그것도 마법 소녀가 침착하게 웃어서 받아넘겼다.

그럴 수밖에. 지금의 자신은.

약혼자 뒤치다꺼리에 쫓기던 그 무렵의 소년과는 다르다!

"마녀협회 마법 연구부 소속 연구원 겸 특수 호위자를 우습게보지 마!"

"과거의 영광에 매달린 모습은 비참하지. 네가 현장을 떠나 있는 동안에 내가 멍하니 보냈을 거라고 생각해? 마녀협회 코쿠디에 지부 부지부장의 실력을 잘 보는 게 좋을걸?"

그리고—.

한밤중에 마법의 꽃이 화려하게 피었다.

클루의 귀환 파티(1)
Housekihaki no Onnanoko

그건 '클루의 귀환 파티'날의 일이다.

오늘의 카페 피네는 점심시간에 평소보다 빨리 가게를 닫게 되었다. 여느 때라면 여전히 점내에 가득 차 있을 손님의 담소 소리가 오늘따라 이미 들리지 않았다.

대신해서 울려 퍼진 것은 기름 소리, 물 소리, 식기 소리, 그리고—.

"아, 나츠! 그 테이블보 그쪽이 아니야! 그건 이쪽이야!"

"어라, 어느 쪽이든 상관없잖아. 씌우면 똑같지 않아?"

"달라! 창가 테이블에는 이쪽 테이블보가 훨씬 더 어울린다고! 그리고 그쪽의, 아, 그 꽃병은 이쪽이라고 배치도에 그렸잖아?!"

"그건 어디든 그냥 두면 되잖아."

"전혀 다르다고!"

어설픈 봉사활동 스태프를 꾸짖은 웨이트리스의 목소리가 들렸다.

기껏 찾아온 비번인 날에 어째서 자신은 카페 피네를 돕고 있는 것일까. 경찰관 나츠는 개여 있는 새하얀 테이블보를 양팔로 크게 펼치면서 한숨을 쉬었다.

비번이든 아니든 아침부터 집에서 뒹굴뒹굴하고 있으면 배가 고프고 요리 솜씨가 좋아질 리도 없다. 그런 생각에 늦은 점심을 먹으러 소꿉친구가 운영하는 찻집으로 찾아왔더니 입구에 '오후는 휴업합니다'라고 쓰인 종이가 붙어 있

었다.

그러고 보니 오늘은 찻집 피네에서 저녁 무렵부터 가게를 통째로 빌린 파티 예약이 들어와 있어 그 준비를 해야 한다는 이야기를 듣기도 했고 나츠도 그 파티에 초대받았다. 어째서 잊고 있었던 걸까.

오늘 밤 여기서 열리는 것은 스푸트니크 보석점에서 주최하는 '클루의 귀환 파티'이다. 리아피아트 시에 사는 클루의 친구나 뷔알톤 시에서 신세를 진 사람들을 위한 모임으로 클루가 무사히 리아피아트 시로 귀환한 것을 축하하고 관계자를 치하하는 모임이라고 했다.

회비는 받지 않는다고 했지만, 그 대신 나츠는 클루에게 줄 선물을 마련했다.

클루의 뷔알톤 시 방문의 주역이자 공로자이며, 뷔알톤 시에서 일어난 '그 트러블'의 제일 큰 피해자일 터인 스푸트니크가 모임의 주최자라는 것 또한 고개를 갸웃거릴 만한 이야기였지만, 본인이 납득하고 있다면 그만이다, 아마도.

어쨌거나 현재 나츠에게 있어서 중요한 것은 타인의 활약보다도 자신의 점심 식사 사정이었다. 괜히 왔다고 생각하면서 우향우를 하려고 한 순간, 문이 열리고 손이 쑥 뻗어 나왔다.

그 손이 직원용 간식인 샌드위치를 입에 쑤셔 넣어서 나츠가 놀라면서도 씹고 있으니 "자 먹었지? 그럼 도와줘!"라며 점내로 끌고 갔고 지금에 도달했다.

……그리고 점내에는 나츠처럼 피해자, 아니 '봉사 스태프'가 한 사람 더 있었다. 이쪽은 자리가 조금 불편한 듯 공간 끄트머리에서 가만히 장식용 꽃을 만들고 있었다.

나츠는 소리를 내며 식탁보를 펼쳤고, 마침내 마지막 테이블까지 다 씌웠다. 그러고 나서 심호흡을 크게 했을 때, 공간 구석에 있던 그녀와 눈이 마주쳤다.

이름은 분명 세실이었다. 나츠와는 뷔알톤 시에서 한 번 본 적이 있었다. 스푸트니크와 친하게 지내는 마법사 중 한 사람으로 나츠는 그녀에게 '머리 회전이 빠른 아이'라는 인상을 가지고 있었다. 어째서 오늘 이곳에 있는지는 알 수 없지만, 아마도 이유로서는 나츠와 별반 다르지 않을 것이다.

세실은 나츠가 이 장소를 지휘하고 있는 엘사와 사이가 좋다는 사실을 알아차린 모양이었다. 그리고 이야기가 통할 만한 상대라는 것도 말이다. 의자에서 일어나더니 나츠 곁으로 다가왔다.

"안녕하세요."

"네, 안녕하세요, 세실. 당신도 오늘 밤 파티에 초대받았어요?"

"아, 네. 그래요."

역시 긴장하고 있었는지 나츠의 자연스러운 인사에 안심한 듯 표정이 누그러들었다. 하지만 그건 잠깐이었고 그녀는 고개를 숙이며 손깍지를 끼더니 이렇게 말했다.

"그래서 저기 저 슬슬 이쯤에서 실례해야 할 것 같은데요."

"세실!"
하지만 그때 주방에서 뛰쳐나온 형체가 있었다.
엘사였다. 손에는 무언가 하얀 것이 담긴 스푼을 들고 있었다.
"저기 세실. 이 생크림, 좀 너무 달지 않을까? 입 열어봐. 어때?"
"……딱……딱 적당하다고 봅니다."
"고마워. ……오빠, 괜찮대! 그걸로 케이크 만들어!"
주방에다 대고 엘사가 소리를 높이자 남성의 "응" 하는 목소리가 돌아왔다.
세실은 명백하게 돌아가고 싶어 하는 표정을 짓고 있었지만, 엘사는 무시라고 할까 일일이 대응할 수 없다는 모습이었다. 혹은 괜한 이야기를 꺼내서 모처럼 생긴 도우미를 놓쳐서는 안 된다고 생각하는 걸까. 아마도 후자일 것이다.
그리고 그 기세를 몰아 엘사는 턱, 하는 소리를 내며 쟁반을 내려놓았다. 찻잔 두 개와 쿠키가 산더미처럼 쌓인 접시가 놓여 있었다.
"자, 직원용 식사 드세요. 먹고 나서 일해. 할 게 많으니까! 그리고 나츠, 그 접시랑 예비 포크, 건너편으로 옮겨둬!"
대답을 듣지 않고 또다시 주방으로 돌아가 버렸다.
나츠는 여전히 자리가 불편한 듯한 세실에게 물었다.
"세실, 혹시 무슨 용건이라도 있어요?"
"아뇨. 저기, 딱히……."

"그럼, 포기하고 돕도록 해요. 이 상태인 엘사한테는 무슨 소리를 해도 소용없어요."

"……아, 저기, 네."

다만 아는 사람인 나츠와 대화를 하고 있어서인지 어깨의 힘이 어느 정도 풀린 것처럼 보였다.

엘사의 명령대로 식기를 운반하기 시작하면서 잡담을 이어나갔다.

"전에는 클루를 만나기 위해 이 도시에 왔다면서요? 먼 곳에서 기껏 왔는데 아쉬웠겠어요."

"아뇨. ……저기, 오늘 만났어요."

우물쭈물 단어를 골라가며 말했다.

"대화를 나눌 수 있어서…… 정말 즐거웠어요."

"그건 그렇고 기운이 없는 것 같은데."

아무 말도 없었다.

알아내기에 자신은, 아직 그녀와의 마음의 거리가 먼 것 같았다.

달리 누가 없을까. 자신보다도 더 덜렁거리고 방약무인하고 가차 없고 제멋대로 쳐들어올 만한—.

그때.

바로 그 바람대로인 존재가 나타났다.

그 사람은 점내의 어색한 분위기 등은 일절 신경 쓰는 기색도 없이, 또한 방문자의 예절 조차 잊은 듯이 종소리를 요란하게 울렸다. 그리고 그는 점내에 나타나고서 단 한 박자

조차 두지 않고, 또한 목표로 하는 인물을 찾는 수고조차 덜려는 듯이 가게 안에 쩌렁쩌렁 울리는 목소리로 이렇게 외쳐 보였다.

"멍청이 엘사 있어?!"

*

정말이지, 이건 대체 어떻게 된 일이람.

전단지를 구겨 쥔 스푸트니크 보석점 점주 스푸트니크가 분노를 끌어안고서 카페 피네로 달려갔을 때, 점내에는 스푸트니크가 의뢰한, 클루의 리아피아트 시 귀환을 축하하고 관계자를 치하하기 위한 식사회—엘사가 명명하기를 '클루의 귀환 파티' 준비가 예정대로 진행되고 있었다.

부르는 소리가 가게 안에 울려 퍼졌고 불린 당사자는 곧장 주방에서 얼굴을 빼꼼히 내밀었다.

"어라, 스푸트니크 씨. 미안한데 지금은 좀 바빠서 나중에 이야기해도 돼요? 예약한 파티 준비로 바빠요."

"뜻하지 않은 우연이네. 나도 그 파티 건으로 왔거든."

"도와줄 거예요? 고맙네요. 일손이 부족해서 난처하던 차였는데."

"아냐."

후후 웃는 엘사의 감사 인사를 한마디로 잘라버렸다. 우리 쪽이 무얼 항의하러 왔는지 알고 있으면서 완전 능청을 떠는 것을 말이다.

스푸트니크는 손에 든 전단지를 펼쳐 보였다.

"알려줘. 이건 무슨 뜻이야?"

단단히 부여잡은 탓에 구깃구깃해졌지만 읽는 데 지장은 없었다.

이건 오후에 스푸트니크 보석점 우편함에 넣어둔 것이었다. '찻집 피네, 클루의 귀환 파티 안내. 오늘 밤 스푸트니크 보석점 주최로 열립니다. 참가비 무료, 완전 무제한 뷔페! 용기를 내서 참석해주세요!'

분명히 파티 예약은 했다. 준비도 부탁했다. 요리를 지정하기도 했다. 하지만—.

—뷔페까지는 의뢰하지 않았다!

"스푸트니크 씨, 경기가 좋은가 보네요."

"난 뷔페는 부탁한 적이 없는데?"

"안심하세요! 전단지 비용은 서비스예요!"

"우리 가게에 무슨 원한이라도 있어?"

무시무시한 태도로 위협했지만, 엘사에게 먹히는 기색이 없었다. 그녀는 쥐고 있던 행주에 힘을 더 싣고 "그야" 하고 뾰로통한 어투로 말했다.

"나츠한테서 들었어요. 스푸트니크 씨랑 나츠, 뷔알톤으로 클루짱을 위문하러 갔다면서요?"

"동행한 거 아냐. 우연히 저쪽에서 만났을 뿐이야."

하지만 엘사에게 있어서 문제인 건 그 점이 아니었다. 행주를 양손으로 쥐고 입술을 삐죽거렸다.
"저도 뷔알톤 여행 가고 싶었어요. 같이 가자고도 안 하다니 치사하잖아요."
그렇게 즐거운 여행이 아니었는데 말이다.
허리에 손을 대고 고개를 젓는 엘사는 남의 이야기를 듣지 않았다. 따돌림을 당했다는 것을 그렇게나 노여워했다는 것인가—.
"그러니 이 정도 주문해주지 않으면 뒤탈이 날지도 모른다는 거예요!"
—철회. 많이 남는 장사를 할 기회를 놓치지 않겠다는 것뿐이다.
리아피아트 시의 유능한 웨이트리스는 지금 가슴 앞에 양손을 마주하고 초롱초롱 빛나는 눈과 돈 냄새에 홀린 미소를 스푸트니크에게 보내고 있었다.
"정말이지……."
그렇다고는 하나. 스푸트니크는 포기와 더불어 고개를 저었다. 파티라는 이름을 붙였으나 그 내용은 '클루가 뷔알톤 시를 방문하고 무사히 돌아온 축하'라고 전단지에도 쓰여 있었다. 모이는 사람은 스푸트니크가 말을 꺼낸 이번 건의 관계자와 리아피아트 시의 클루의 친구 정도가 고작으로 그렇게 많은 인원수가 모일 리는 없다. 뷔페라고 강조해서 말했지만, 지출이 크지는 않을 것이다…….
"맞다맞다. 스푸트니크 씨, 다들 정말 기뻐하더라고요."

"응?"

"시끌벅적한 편이 좋겠다 싶어서 우리 단골한테도 말해뒀어요!"

"해도 괜찮은 짓과 하지 말아야 하는 짓이 있잖아!"

점심에는 찻집인 이 가게는 밤에는 애주가가 모이는 장소가 된다. 그런 곳에 '주류 무제한' 간판 등이 걸려 있으면 어떻게 될지 모르는 것도 아닐 텐데.

전단지도 온 마을에 배포했다면서 웃는 엘사를 보자 머리가 지끈거렸다. 엘사가 가벼운 발걸음으로 주방으로 돌아가는 것을 보면서 스푸트니크는 기억 속에 있는 가계부 페이지를 필사적으로 넘기다가—.

"……저기."

누군가 말을 걸어서 정신을 차렸다. 쳐다보니.

"세실. 여기에 있었어?"

스푸트니크의 지인이자 파티 초대객 가운데 한 사람. 마법사 소아란의 사설 비서 세실이 조심스럽게 서 있었다.

도시에는 소아란과 함께 왔을 텐데 보석점으로 오는 도중에 세실이 "만나고 싶은 사람과 들르고 싶은 곳이 있다"라고 해서 헤어졌다고 한다. 소아란은 세실이 '들르고 싶은 곳'이 짐작이 가지 않았는지 어딜 간 걸까 하고 고개를 갸웃거리고 있었다. 영리한 아이라는 사실은 알고 있기에 스푸트니크도 딱히 걱정은 하지 않았지만 설마 이 가게에 있었을 줄이야.

생각해보니 세실은 예전 리아피아트 시에 왔을 때, 이 가게의 식사를 마음에 들어 한 모양이었다.

"네 고용주는 우리 가게에 있어. 오는 게 어때? 여기에 있어봤자 저 수전노 웨이트리스한테 혹사당할 게 뻔하잖아."

"스푸트니크 씨. 지금 절 왠지 근사한 별명으로 부르신 것 같은데요?"

"아니, 안 불렀어."

즉각 부정했다.

못 살겠다고 생각하면서 다시 세실에게 돌아섰다. 그녀는 고개를 깊이 숙였다.

"이번 식사회에 초대해주셔서 감사합니다. 저기 그게…… 제가 듣기로는 스푸트니크 씨에게 예상하지 못 했던 일이 있으셨다는 것 같아서요. 그런 와중에 저까지 번거롭게 해드리는 것도 죄송스러워서……."

여전히 어린애답지 않은 아이였다.

무슨 소릴 하는 거람, 이 꼬마아가씨는. 어른으로서 그만 기가 막혔다.

"아이 한 명 밥값은 대수롭지 않아. 신경 쓰지 마."

"어, 저기. ……그래도 그게 뭐랄까……."

손깍지를 끼고 고개를 숙이고서 우물쭈물 우두커니 서 있는 세실. 사양하고 있는 게 아니라 돌아갈 이유를 찾고 있는 거라는 사실을 알아차리기까지 시간이 그다지 걸리지 않았다.

"혹시 일이 바빠? 유키도 조만간 올 거니까 너무 신경 쓰이면 그 녀석의 마법으로 너도 코쿠디에까지 돌려보내—."
"그 여자에게 빚을 지고 싶지 않아요."
"……아, 그래?"
계속해서 화해하지 못하고 있었다. 유키—팡숑과 세실.
어른의 세계에서 살아오느라 까치발을 한 아이. 두 사람의 모습은 제삼자가 보건대 닮은 사람끼리의 친근감과 증오감으로밖에 보이지 않지만, 그런 말을 전한다고 한들 지금 세실의 기분이 풀릴 리가 없을 것이다.
애초에 스푸트니크는 세실에게 딱히 유키 이야기를 들려주려고 이곳에 온 게 아니다. 그리고 세실도 유키 이야기를 더 이상 할 마음이 없었다. 세실은 고개를 돌린 채 이야기를 본론으로 되돌렸다.
"게다가 일은…… 제 몫도 선생님 몫도 빠짐없이 조절하고 와서 괜찮습니다."
"그럼 그것 말고 뭐가 있어?"
"그건……."
물었지만 고개를 숙이고 손가락을 바삐 움직일 뿐이었다.
알아내기에는 시간이 걸릴 듯했다. 나츠에게 눈짓을 하자 그녀도 세실이 무언가 응어리를 품고 있다는 사실을 걱정하고 있는지 '잘하는 걸 해봐'라는 표정을 지었다.
보석점 쪽은…… 손님이 오면 소아란에게 적당히 맞춰주라고 했다. "우선 앉아봐"라며 가까운 자리를 권했을 때였다.

"다녀왔습니다! 아, 스푸트니크 씨! 어서 오세요!"

"모르는 여자애를 데리고 왔네! 꼬마 아가씨, 안녕?!"

배달하러 갔다가 왔는지 카페 피네의 쌍둥이가 같이 돌아왔다. 여전히 소란스러운 녀석들이다.

"어이 쌍둥이. 뭐 내올 만한 거 있어? 커피라든가 홍차라든가. 크래커랑 잼이라도 있으면 그것도."

"알겠습니다!"

"맞다! 꼬마 아가씨! 인형 필요해? 곰 인형! 서비스야!"

"저, 저기……."

"그럼 그것도 하나."

분위기를 따라가지 못하고 있는 세실을 대신해서 답했고 그들의 최근 취미나 인형 만들기에 대한 것, 클루와 일라쟈도 예전에 받았다는 사실을 설명했다.

잠시 있다가 서빙된 것은 따듯한 홍차 두 잔과 커다란 인형이었다. 세실과 나란히 일으켜 세웠더니 그녀의 어깨 정도까지 오는 것 같았다. 세실이 흠칫 놀라고 있는 것은 정말로 받아도 되는지 하는 염려 때문일까, 아니면 코쿠디에까지 어떻게 가지고 돌아가야 할지 하는 곤혹스럽기 때문일까.

인형 털을 갈라서 바느질한 곳을 보니 클루가 가지고 있는 것보다도 바느질이 더욱 촘촘해져 있었다. 순조롭게 기술을 익혀나가고 있는 모양이다.

옆 테이블에서 의자를 하나 당겨 와서 인형은 그곳에 앉혔다. 홍차를 한 모금 마시게 하고서 이야기를 본론으로 되돌렸다. 촉촉해진 입이 조금 전보다는 매끄러워진 듯했다.

"조금 전에…… 이 가게에 오던 중에 클루 씨를 만났습니다. 안나 씨와 함께 있을 때 인사했습니다."

"흐음."

"그래서 전 초대해주신 이 모임에 없는 편이 낫지 않을까 싶었습니다."

"쿠랑 안 맞았던 건가?"

"아니요."

사람 사이에는 궁합이라는 게 있다. 그게 나쁜 사람과 있으면 말하고 싶은 마음이 털끝만큼도 안 들고, 그것은 성인군자라도 마찬가지다. 아무리 애써도 양립할 수 없고, 받아들일 수 없는 사람이 있는 법이다.

그래서 그걸 탓할 마음은 없었지만, 세실은 서둘러 고개를 가로저었다.

"클루 씨는 무척이나 근사한 분이었습니다. 친구와 이야기를 하는 데 끼어들었는데도 이 동네에서 뭔가 부족한 게 없는지 만약 곤란한 일이 생기면 뭐든 말해달라고 배려해주셨습니다……." 세실의 이야기는 클루에게도 전했다. 마법사 소아란의 사설비서로 리아피아트 시까지 멀리서 클루를 만나러 왔다는 것, 뷔알톤 시에서 클루를 구출하는 데도 전력을 다해주었다는 것.

클루는 세실에게 무척이나 감사했고 '친구가 되고 싶다'고 했다.

그러나. 한편 세실은 클루에게 복잡한 감정을 가지고 있는 모양이다.

"전 클루 씨를 '대신'해서 선생님의 곁에 있었습니다. 그래서…… 클루 씨가 있는 곳에 제가 있을 의미는 없지 않을까 생각해서, 그래서."

"저기 말이야."

스푸트니크는 생각했다. 이건 딱히 자신이 말할 필요가 없는 일이다. 그래서 참고 입을 다물고 있었다.

애초에 이건 그들의 문제다. 외야에 있는 자신이 개입하는 것은 괜한 참견이나 다름없다. 그래서 본래라면 잠자코 있는 게 현명한 대응이다. 그러나—.

다만 스푸트니크가 세실의 말을 막은 것은 지금 그녀의 고백을 지나친다고 한들 근시일 내에 스푸트니크가, 또는 언젠가 세실이 그녀의 행동을 인내할 수 없게 될 듯한 기분이 마냥 들어서였다. 언젠가 무너진다는 걸 알고서 쓸데없이 스트레스를 쌓아두는 건 무의미하다.

그리고 그 스트레스의 원인은 단 한 가지였다.

그 멍청이가 너무나도 세실에게 설명이 부족해서였다.

헛기침이 나왔다. 지금부터 쑥스러운 말을 해야 한다는 사실에 불편함을 느끼면서 스푸트니크는 입을 뗐다.

"그거, 전에 들었을 때부터 생각했는데."

"네."

"그 녀석은 정말로 널 '쿠 대신'으로 곁에 뒀을까?"

대답이 없었다.

주방 쪽에서 슉 하고 무언가가 튀겨지는 소리가 들렸다. 스푸트니크는 크래커를 하나 갉아먹던 차에 마침내 그녀의 대답을 들을 수 있었다.

"……네?"

상상조차 하지 않았다는 기색이었다.

정말이지 그 녀석은, 하고 혀를 차고 싶어지는 것을 참았다.

세실은 훌륭하다. 잘 자란 아이다. 그래서 그 남자는 그에 의지해서 세실을 아이답게 응석을 부리게 하지 않았다. 아니, 그 나름대로 예뻐하고 있었을 테지만, 세실은 어쨌거나 어른스럽게 행동하려 했고 그래서 그는 분명 안심하고 말았던 걸 테지.

어째서 그 녀석의 뒤치다꺼리를 자신이 해야 하는지 전혀 이해할 수 없었지만, 그런데도 이대로 가만히 두는 것은 자신의 정신 건강에도 좋지 않다고 스푸트니크는 판단했다.

세실의 반론을 기다리지 않고 스푸트니크는 이어나갔다.

"쿠는 말이지."

우리 가게의 사랑스러운 종업원은. ―그렇다.

"뭐라고 할까…… 좌우지간 요령이 없어. 처음 하는 건 대부분 실패하고 두세 번째에도 실패하고 네 번째 정도가 되면 간신히 합격점을 줄 수 있을 정도야. 혼자서 먼 도시까지 가는 것도 안내인을 대동해서 겨우 최근에 갈 수 있게 되었을 정도고, 저쪽에 갔더니 간대로 너도 알다시피 주변에 실컷 민폐만 끼쳤어. ……그에 비해 세실. 넌 상당히 야무져."

마법사 소아란은 변태이기는 하나 마녀협회 안에서는 나름대로 괜찮은 직책에 있다고 들었다. 세실은 그 인간의 사설 비서니까 상당한 사무 처리 능력이 있을 게 분명하다.

스푸트니크는 자신과 만나기 전의 클루를 모른다. 그리고 코쿠디에 지부에서 생활하고 일에 임하는 세실을 모른다.

하지만 이것만큼은 단언할 수 있다.

"넌 쿠랑 안 닮았어."

지금 클루와 제일 가까이에 있는 자신이 보증해줄 수 있을 정도로 말이다.

"닮은 건 키랑 나이 정도려나?"

"그, 그런데요?"

"그리고 너, 자신을 뭐라고 했더라? '약혼자의 여동생 대신'이라고 했나?"

예전에 세실에게 들은 말이었다. 하지만.

그것도 생각해보면 이상한 이야기다.

"그렇다면 묘하지 않아? 누군가를 '대신'으로 끝낼 수 있을 만한 녀석이 옛 약혼자를 위해서 계속 상복을 입은 채 있을 수 있을까?"

스푸트니크는 뷔알톤 시에서 유키의 입으로 그녀가 프랑소와즈였던 시절의 이야기를 들었다.

약혼자였던 어린 두 사람이 서로에게 가지고 있던 마음. 그것은 사랑은 아니었지만, 분명 인연이라고 부를 수 있는 것이었다. 그리고 그것을 잃은 결과, 그는 늘 로브에 은색 단추를 달고 협회에 복수를 생각하게 되었다.

그런 그가.

약혼자의 여동생'만'을 다른 누군가로 대체하려고 할까?

"……하지만, 하지만!"

납득할 수 없는지, 납득하고 싶지 않은지 세실은 거친 목소리를 냈다.

그리고 세실은 한 가지 더, 자신이 마음에 계속 품고 있던 것을 말했다. 하지만 그것도 스푸트니크로서는 자명한 이치였다.

"선생님은 몇 번이나 저한테 '오라버니라고 불러줘'라고—."

"그건 아마 그냥 그 녀석의 취미일 거야."

"취……."

번거로운 변태 녀석.

눈을 동그랗게 뜨고 이번에야말로 아무 말도 할 수 없게 된 세실의 모습을 보면서 스푸트니크는 오른손 새끼손가락으로 귓구멍을 긁적였다. 정말이지 쑥스러운 이야기라고 생각하니 묘하게 간지러워진 것이다.

"아, 뭐야. ……난 녀석이랑은 그렇게 오래된 관계가 아니니까 그 녀석이 실제로 어떤 인간인지 모르지만."

알고 싶지도 않고, 알 만큼 깊게 사귀고 싶지도 않다. 다만,

"다만, 누군가를 누군가의 '대리'로 삼는다. 그렇게 해서 자신의 잘못을 덮고 과거를 없었던 일로 삼으려고 한다. 녀석이, 마법사 소아란이 그게 가능한 사람인지 아닌지. 넌 잘 알고 있지 않아?"

"전……."

세실은.

어깨를 떨어뜨리고 길고 긴 한숨을 쉬었다.

그건 그녀가 어른의 세계에 존재하면서 내내 계속 가지고 왔던 것의 무게 그 자체인 듯했다.

"……전, 선생님께 지금까지 쭉 실례되는 생각을……."

역시 총명한 아이다. 누군가를 그렇게 단정 짓는 것이 실례라는 사실을 바로 이해한 모양이었다.

하지만 그 남자는 그런 일로 그녀를 비난하지 않을 것이다. 실망도 하지 않겠지. 애초에 그런 오해를 세실에게 품게 한 건 그 녀석이니 그럴 수 있는 입장도 아니다.

그래서.

만약 세실이 지금까지 저질러온 실수를 그에게 털어놓는다면.

"언젠가 '오라버니'라고 불러줘. 분명 그 녀석이 기뻐할 거야."

스푸트니크의 농담에 우선 세실이 돌려준 것은 충분한 침묵이었다.

그리고.

—고개를 들었다.

"절대 싫어요."

세실이 후련한 미소를 짓는 것을 스푸트니크는 처음 보았다.

클루의 귀환 파티(2)
Housekihaki no Onnanoko

그것은 '클루의 귀환 파티' 날의 일이다.
시간은 점심이 지났을 무렵이었다.

찻집 피네에서 보석점으로 돌아왔다.

그 녀석이 이제 적당히 회복했을까, 생각하면서 스푸트니크는 입구를 지났지만 '그것'은 조금 전과 변함없이 카운터 자리를 차지하고 손수건을 물면서 "아, 분해라" 등 원망스러운 말을 주절주절 뱉고 있었다.

기껏 파티에 초대해주었는데 감사 인사도 대충 때우고서 음울한 그 태도란. 불만을 말하고 싶어지는 건 이쪽이었다. 점내를 걸어 카운터를 사이에 두고 그의 앞에 서서 정말이지 어처구니가 없다는 기색을 전혀 숨기지 않고 내려다보았다.

"우리 가게는 인생 상담소가 아니거든?"

"그렇지만!"

스푸트니크의 한마디에.

마법사 소아란은 손수건을 부여잡고 눈물을 흩날리면서 일어났다.

"너무한다고 생각 안 해? 스푸트니크! 그 여자는 나한테서 내 부하랑 내 유일한 오락거리를 빼앗겠다고 했어!"

"네 신변이 어떻게 되든 내 알 바가 아니거든?"

토라진 듯 입술을 삐죽대고 있었지만, 전혀 귀엽지도 않거니와 짜증마저 느껴졌다.

점심 전에 스푸트니크 보석점을 방문한 마법사 소아란은

파티 초대에 대한 감사 인사도 대충하고 카운터에 있는 스푸트니크에게 "이야기 좀 들어줘!"라고 외치더니 장황하게 불평불만을 털어놓기 시작했다. 처음에는 맞장구치며 들어주던 클루도 도중에 질렸는지, 아니면 처음부터 그다지 흥미가 없었는지 "놀러 갔다 올게요"라고 스푸트니크에게 말을 남기더니 얼른 외출해버렸다. 오늘만큼 나를 두고 가지 말아 달라고 진심으로 생각한 날이 없었다.

그리고 그의 불만이란.

이른바 마법 소녀로서의 업무 중에 마법사 일라자와 마법사 팡숑이자 유키가 적으로 맞섰다고 한다.

사랑하는 사람을 갱생시키겠다는 일라자와 왠지 재미있을 것 같아서 한몫 거들고 나선 유키. 게다가 어느새 일라자와 유키가 묘하게 친해져서—소아란은 분명 인정하지 않겠지만—이야기를 듣자 하니 아무래도 이 녀석이 질투를 하는 모양이다.

하지만 스푸트니크는 생각했다.

소아란과 일라자, 두 사람의 관계는.

"너희 이미 사귀는 거 아니었어?"

"말도 안 되는 소리 집어치워."

"아니, 그게, 일라자가 너 때문에 리아피아트 시에 왔을 때 너희 같은 방에 있었잖아."

도중에 일라자의 실연 소동 등이 끼어들었으나 그런 과거가 있었던 이상, 서로의 마음을 확인했다면 진전이 빠를 것 같다고 생각했는데 말이다.

소아란은 이를 바득바득 갈면서 대답했다.

"그건 우연이야! 몸살이 난 나를 간병해줬을 뿐이라고."

"끌어안고 있었던 것도?"

"그건 네가 문을 부수고 들어와서였잖아!"

그랬던가. 팔짱을 끼고 고개를 갸웃거렸지만 생각나지 않았다.

소아란은 한숨을 쉬었다. 다만 그건 시치미를 떼는 스푸트니크에게 어처구니가 없어서 그런 건 아닌 모양이었다.

"……난 모르겠어. 이성으로부터 받는 감정도 질투도 모두 나한테 있어서는 처세 도구 가운데 하나야. 반듯한 연애 감정이라든가 사랑이라든가 그런 걸 가져본 적도 없고, 받은 기억도 없어."

"아니, 나도 너희들의 결혼관이랑 이런저런 걸 알지만. 그래도 한 번 정도는—."

"내 전 약혼자는 그 여자라고!"

납득이 갔다.

하지만 반듯한 연애란 무엇일까. 타인의 연애 사정에 이래라저래라하는 녀석은 대부분 제대로 된 결과를 맞이하지 못한다. 그래서 지나치게 무언가를 말할 마음은 없었지만 소아란이 대답해달라고 매달리는 시선을 보냈기에 다소 생각해주었다. 그리고 답했다.

"……우선 몇 번 대시해보면 되는 거 아냐?"

"너 말이야."

소아란이 혀를 차는 소리가 점내에 괜히 크게 울려 퍼졌다.

"반듯하다는 건 그런 게 아니잖아! 진지하게 생각해보라고!"

"아니 알겠어. 지금 건 취소할게. 잠시만 기다려줘. 잠시만. 좀 더 생각해볼게. 생각해낼게."

생각하고 생각하고 또 생각했지만 건전한 생각이 나지 않아서—학창시절에도 종종 간만 보고 버렸다—취직하고 나서도 자신감 있게 꺼낼 수 있는 연애담은 그다지 없다—애초에 이 녀석을 위해서 과거의 연애 편력을 파헤쳐야만 하는 이유가 없다는 사실을 깨달았다.

"그건 그렇고 말이야."

"말 돌리네."

"시끄러. 애초에 본론은 그게 아니잖아."

그 말을 듣고 떠오른 모양이었다. 아, 하고 눈이 커졌다.

소아란의 현재 최대의 고민거리는 일라쟈와의 연애의 행방이 아니라 그의 전 약혼자이자 스푸트니크의 누나인 별종 유키였을 것이다.

그는 분노를 곱씹듯이 고개를 숙이고 주먹을 단단히 쥐었다.

"그래. 게다가 팡숑 녀석. 그 녀석, 내 '부업'을 방해하는 것뿐만 아니라 협회에서의 자신의 위치를 확립시키려고 날 제물로 바치려는 속셈이라고! 용서할 수 없는 만행이야!"

"부업인 도둑질에서 손을 씻는 건 어때?"

스푸트니크의 그 말은 지극히 반듯한 제안일 터였다.

하지만 소아란은 고개를 좌우로 천천히 저었다.

"그건 안 돼. 선전포고도 했으니까."

"선전포고?"

반복해서 말한 스푸트니크에게 소아란은 고개를 깊이 끄덕였다.

"그 여자한테 '아줌마'라고 연속해서 불렀어."

"바보 아냐?!"

이번에 눈을 까뒤집은 것은 스푸트니크 쪽이었다.

유키의 무시무시함은 이 녀석도 알고 있을 텐데 왜 그런 무모한 짓을 했단 말인가!

"남자한테는…… 싸워야 할 때가 있어……."

"아무 쓸모도 없는 자존심 따윈 버려."

자존심으로 먹고 살 수 있다면 취직하는 의미가 없다.

"그야그야그야 열이 받았단 말이야! ……그런데 나 혼자서는 절대로 이길 수 없다는 건 알아. 그래서 조력자에게 부탁하려고 해."

"조력자?"

누구를 말하는 거지?

생각했다. 스푸트니크가 아는 사람 중에 유키에게 이길 수 있을 만한 사람이라면 생각나는 건 클루롤 보석상회 회장 클루롤 정도이다……. 하지만 그 사람이 절도범의 파트

너 역할을 짊어질 거라고는 생각할 수 없다. 그 아내인 마리아도 마찬가지다.

스푸트니크 보석점의 종업원이자 그 여자의 동생이기도 한 클루라면 다른 의미에서 그 여자에게 이길 수 있을 것 같지만, 그저 그건 "싸움은 나빠요!"라며 씩씩 화를 내면서 설교를 할 뿐 그가 바라는 해결책은 되지 않는다.

그렇다면 누구에게? 마법사 지인인가?

떠올리지 못하고 있으니 소아란이.

어째서인지 스푸트니크의 어깨에 손을 얹고.

히죽 웃었다.

"부탁할게."

"거절할게."

단칼에 거절했다.

당연한 일인데 어째서인지 소아란은 상처받은 듯 숨을 들이쉬었다.

"같이 협회랑 싸운 사이잖아!"

"그 여자랑 싸우는 데 날 끌어들이지 마!"

대전 상대로서 격이 다르다.

하지만 소아란은 포기하지 않았다.

"들어보니 너 팡송을 누나로 따르고 있다며? 난 그 여자의 전 약혼자니 사고방식에 따라서는 네 매형이기도 해! 매형의 명령은 들어야 하는 법이잖아!"

"누가 너 같은 녀석을 매형이라고 생각하겠어. 이 변태 자식아!"

"매형한테 변태라니 무슨 소리야! 매형이라고 불러도 돼!"

"어이, 그거 조금 전에 세실한테도 말했는데 네 그 취미는 대체 뭐야!"

"나의 '불리고 싶은 호칭 랭킹'으로 압도적으로 넘버원을 자랑하고 있지!"

"세실한테 사과해!"*

……그렇게 옥신각신하는 우리를 가로막듯이 입구의 종소리가 울렸다.

다급히 입을 다물고 보자 한 쌍의 남녀가 가게로 들어오던 차였다. 나이대는 클루롤과 비슷했고 돈이 있어 보이는, 아니 기품 있어 보이는 분위기였다.

본 기억이 없으니 처음 방문한 고객이겠지만, 잘 접객해두면 손해는 없을 듯했다.

그들 곁으로 향하려고 발걸음을 내디뎠을 때 팔을 강한 힘으로 붙잡혔다. 쳐다보자 조금 전까지 그렇게 씩씩하게 자신의 취미를 주장하던 소아란이 어째서인지 시퍼런 얼굴을 하고 있었다.

"스푸트니크, 자, 잠시만."

"이야기는 끝이야. 너랑 같이 사지로 몰릴 계획은 없어."

"아니, 그게 아니라—."

"끈질기네. 난 일해야 해. 고객님, 어서 오세요!"

---

*일본에서는 형, 오빠, 매형을 포괄하는 단어로 兄을 쓴다.

상품을 바라보며 이런저런 이야기를 하고 있는 부부에게, 비장의 간드러지는 목소리와 가식적인 미소로 다가갔다. 두 사람의 의식이 스푸트니크에게 향했지만, 그 표정에서 혐오감은 찾아볼 수 없었다.

이거 괜찮네, 하고 이야기를 이어나갔다.

"사장님, 사모님. 실례하겠습니다. 뭔가 찾으시는 상품이라도 있으신가요? 전 점주인 스푸트니크라고 합니—."

"아아!"

"당신이!"

하지만.

인사 도중에 예기치 못한 반응이 돌아와서 스푸트니크는 머쓱해졌다. 부부는 스푸트니크를 뚫어지게 보더니 기쁜 듯 뺨을 누그러뜨렸다.

"후후후. 이야기는 많이 들었습니다. 무척이나 솜씨가 좋은 보석상이라고 하더군요."

"……분수에 넘치는 말씀이십니다. 저희 가게 고객님과 지인이신가요?"

탐색의 의미를 담아 물어보자 남편은 "네. 그렇습니다"라고 고개를 끄덕였지만, 아내 쪽은 달랐다. 그녀는 남편의 어깨를 톡 두드리더니,

"어머. 다니엘. 그 애들을 '이 가게 고객'이라고 부르면 점주님께 죄송하잖아요. 그야 그 애들이 점주님께 가져오는 거라곤 문젯거리뿐이니까요. —그렇죠?"

빙긋이 미소 지은 그 눈을 쫓아서 스푸트니크는 뒤를 돌아보았다.

그러자.

—일어난 소아란이 허리를 깊이 숙이고 있었다.

"오랜만입니다. 안젤리카 님, 다니엘 님……!"

그리고 그가 말한 그 이름은.

유키와 소아란, 그들의 추억 속에서 몇 번이나 들었던 그 이름은.

"우후후. 편하게 대해요. 소아란."

"자네도 건강해 보여서 다행이구먼."

두 사람은 한때 딸의 약혼자의 행동에 따스하게 웃었다.

그 후 더불어 스푸트니크를 보았다.

"처음 뵙네요. 스푸트니크 씨. 마법사 안젤리카라고 해요."

청초하고 기품 있는 미소는 클루와 전혀 달랐지만.

창문에서 불어 들어오는 바람에 흔들리는 보드라운 밤색 머리카락과 다갈색 눈동자는.

틀림없이 같았다.

"이쪽은 남편인 다니엘이에요. —딸아이들이 늘 신세 지고 있습니다."

"아, 그, 그렇게 말씀해주시다니 감사합니다……."

갑작스러운 방문에 제대로 된 말이 나오지 않는 스푸트니크에게 부부는 더불어 고개를 숙였다.

오늘은 무슨 용건으로 오신 건지. 바짝 마른입으로 그리

묻으려고 하다가 물을 필요도 없다는 사실을 스푸트니크는 떠올렸다. 허락도 없이 오랫동안 데리고 있던 종업원, 그 부모님 두 사람이 함께 고용주 앞에 나타났다는 게 무슨 뜻인지 상상할 수 없는 건 아니었다.

"아니, ……저기."

클루를 구한 일, 고용한 일, 보살폈던 일, 지금까지 든 양육비에 대한 일. 할 말은 얼마든지 있을 텐데 어째서인지 아무리 애를 써도 말이 나오지 않았다. 목이 메었다.

하지만 마법사 안젤리카는 스푸트니크가 동요하는 모습에 개의치 않고 장식품 디스플레이를 손가락으로 가리키면서 이야기를 이어나갔다.

"클루에 대해 어떻게 감사 인사를 올려야 좋을지. ……아니, 사실은 그 애가 발견됐다는 소식을 들었던 그때 제 자신이 당장이라도 달려가야 했습니다. 무례를 용서해주세요."

"아니요……."

대답에 망설이면서도 사고는 회전했다. 스푸트니크는 클루가 끌려간 당시에, 발견된 당시에 마법사들의 상황에 실제로 맞선 것은 아니었다. 다만 상상할 수는 있다. 분명 안젤리카는 그 소식이 들려왔을 때 딸이 있는 곳으로 날아가고 싶었을 테다. 하지만 그럴 수 없었을 것이다. 그녀 또한 숨어 있어야 할 사람이어서이다.

주변에서 용납하지 않았다. 그래서 그 '체질'에 얽힌 피를 가지고 있지 않으면서 스푸트니크와 마법사 양쪽의 사정을 자세히 알고, 마법사들에게 들키지 않도록 행동할 수 있고, 스푸트니크 일행을 지킬 수 있을 만큼 강한 유키가 그 역할을 해냈던 것이다.

그리고 그 생각을 한 동시에 다른 생각이 떠올랐다.

"저기……."

"네."

"쿠가…… 아니, 클루가 머지않은 장래에 보석을 토하지 않게 되면."

그것은 먼젓번에 뷔알톤 시의 병원에서 스푸트니크와 클루에게 유키가 흘린 말이었다.

유키는 놀란 두 사람에게 별달리 중요한 사실이 아니라는 식으로 그저 "시간제한이 있어"라고 간단한 설명밖에 해주지 않았다. "나중에 알려줄 테니 지금은 몸부터 회복해"라고 충고하며 "클루도 지금 할 수 있는 걸 잔뜩 즐기렴"이라고 말했다.

능수능란하게 말을 돌렸다는 건 바로 알았지만, 그때 따지고들 수는 없었다. 클루 본인이 너무 불안한 얼굴을 하고 있어서였다.

한때 클루를 실컷 상처 준 원인이 되었기에 그녀 자신도 "필요 없다"라며 울었던 '체질'. 그게 사라진다는 선고를 들었던 그녀는 빈말로도 기뻐하고 있는 것처럼은 보이지 않았다.

그래서 스푸트니크도 그때는 "뭐, 그렇구나"라고 유키가 한 말이 사소하다는 듯이 대답할 수밖에 없었다. 입원해 있는 동안에 병원 간호사를 꼬시면서 다녀야겠다고 입김을 불어넣었더니 마침내 클루는 평소대로 씩씩 화를 냈다. 그렇게 어물쩍 넘어갔던 것이다. 그럴 수밖에 없었다고도 할 수 있다.

……하지만 지금은.

안젤리카를 보았다. 그녀는 눈을 감고서 다시 떴다. 긍정하는 대답인 모양이다.

"제 혈육인 사람은 태어나면서 광석증이라는 '체질'을 가지고 있어요. 다만 토해내는 보석은 나이가 들면서 줄어들어 연령으로 치면 열다섯부터…… 늦어도 스물이라고 할까요. 그 무렵에는 보석을 만들어내는 '체질'이 몸에서 사라져요."

"평범한 마법사가 된다는 뜻인가요?"

"아뇨. 저희 몸은 보석을 만들어내는 행위 때문에 대량의 마력을 생성해서 소비해요. 그 부작용이라고 할까요. 지금의 제 몸은 이미 제 생명을 건강하게 유지할 정도의 양밖에 마력을 만들어낼 수 없어요."

그녀는 가방 안에서 마법 지팡이를 꺼냈다. 그리고,

"불."

주문을 외웠다.

펑, 하고 하얀 연기가 나타났다가 바로 허공에 섞여 사라졌다.

"아, 나왔네요. 오늘은 상태가 좋은 편이에요."

가슴을 펴는 모습이 당연하지만 클루와 아주 닮았다.
그녀가 짓는 의기양양한 얼굴도 아주 닮았기에
"점내는 금연이지만요."
"앗, 죄, 죄송해요."
표정에 먹구름을 드리우게 하고 싶어서 그런 말을 하자 생각대로 동요했다.
양팔을 크게 저으며 공기를 순환시켜 다급히 앞의 실수를 없었던 걸로 하려고 했다. 안젤리카는 시선을 두리번두리번 움직이며 증거 인멸이 완료된 것을 확인했다.
그 후 얼버무리듯이 헛기침을 했다.
"어쨌거나. ……지금의 저는 평범한 사람이나 마찬가지예요. 대륙 어디로 간들 조금 전에 보인 것 이상의 마법을 사용할 수 없어요. 클루도 머지않은 미래에 '체질'을 잃고 저와 마찬가지로 '마법을 사용할 수 없는 마법사'가 되겠죠. 그 애가 낳은 아이가 '체질'을 물려받을지 어떨지는…… 아직 모르지만요."
"확실히 그런 애를 낳는다고는 단정 지을 수 없는 건가요?"
"지금까지의 선례에서 보면 그렇게 되지만, 확실한 말은 못하겠네요. 마법과 마법사는 해명되지 않는 부분도 많은 힘이고 불완전한 존재니까요."
"실제로 우리 '장녀'를 낳은 부모님은 아주 일반적인 마법사였고요."
안젤리카의 말을 보충하듯이 다니엘이 말했다.

그들의 장녀. 팡숑. 유키. 규격 외의 마법사.

다니엘의 시선을 쫓아 돌아보자 소아란이 불편한 얼굴로 카운터 의자에 앉아 있었다. 고개를 움츠리고 등을 말고서 작아져 있었다. 그는 마법사이자 스푸트니크가 모르는 시절의 유키를 알고 있어서 생각하는 바가 여러모로 있을 것이다.

하지만, 분명 그들도 스푸트니크에게 같은 생각을 하고 있을 것이다. 클루라는 아이가 그들 곁을 떠나 오늘처럼 성장하기까지 보호자로서 후견자로서 점주로서 그녀를 봐온 스푸트니크라는 사람에게.

"스푸트니크 씨. 보석을 토하지 않는 그 아이가 당신에게 있어서 이용 가치가 없을 거라고 생각하시나요?"

"설마요."

부정하는 말은 스스로도 놀랄 만큼 쉽사리 입에서 나왔다.

"쿠는…… 그야, 실수도 하고 무슨 생각을 하는지 알 수 없는 면도 있습니다. 하지만 종업원으로서 성실히 일해 줍니다. 클루가 없으면 가게를 운영하는 데 어느 정도 지장이 생깁니다. 그러니…… 뭐랄까."

설령 그들이 오늘 클루를 마법사 세계로 데리고 돌아가기 위해 나타났다고 하더라도.

사실은 흔들리지 않는다.

"우리 가게에는 필요한 인원이라고 봅니다."

"그렇군요."

스푸트니크의 대답에 두 사람은 얼굴을 마주하더니 기쁜 듯 웃었다.

"다니엘, 그럼 돌아갈까요?"

"그러지. 안젤리카."

"어."

두 사람이 너무나도 쉽게 말해서 스푸트니크는 당황했다.

다행이야 다행이다 라며 따스한 분위기로 두 사람은 서로 미소 지었지만, 이야기는 아직 끝나지 않았다. 돌아간다고 하면서도 장식된 장식품을 보면서 저게 어울린다는 둥 이게 예쁘다는 둥 이야기를 하기 시작한 두 사람을 말렸다.

"잠, 잠시만 기다려주세요."

"네?"

"쿠를 두 분의 곁으로 데리고 돌아가려는 이야기가 아니었나요?"

두 사람은 얼굴을 서로 마주 보았다.

"아뇨. 전혀요."

"터무니없죠."

동시에 고개를 가로저었다. 안젤리카는 "그렇게 하면 우린 그 아이에게 미움받을 거예요"라고 불만스러운 표정마저 보였다.

"우린 당신에게 앞으로의 방침을 물으러 왔을 뿐이에요. '그 애가 보석을 토하지 않게 된다'라는 그 사실을 안 보석상인 당신이 그 애를 어떻게 하고 싶은지 하는 당신의 생각을요."

"스푸트니크 씨. 평범한 인간인 당신에게 이 이상의 민폐는 끼칠 수 없어요. 만약 당신이 그 애가 불필요하다고 말한다면 우리는 어떻게 해서든 그 애를 집으로 데리고 돌아갈 작정이었어요. ……뭐, 팡숑의 보고대로 단순한 기우였지만요."

유키의 보고. 그 여자는 자신을 과연 어떻게 그들에게 전달하고 있을까. 그런 생각을 하자 조금 마음이 불편해졌다.

그렇다고는 하나 앞으로도 자신이 그 아이를 고용해도 된다는 뜻이다.

안젤리카와 다니엘은 스푸트니크에게 고개를 숙였다. 그리고,

"그 애들을 앞으로도 잘 부탁드립니다."

이쪽이야말로, 라고 대답하다가.

문득 깨달았다.

"그 애'들'이요?"

"네. 그 애'들'이요."

반복해서 말하자 안젤리카가 고개를 끄덕였다. "그야" 하고 입술을 삐죽대며 심기가 불편한 듯이 인상을 찡그렸다. 그 시선은 스푸트니크 뒤로 쏟아지고 있었다.

"팡숑도 그렇고 소아란도 그렇고 이제 충분히 어른인데 밤마다 실컷 놀러 다니면서 주변에 민폐를 끼치고 있어서요. 자신의 능력이 인간보다 세다는 자각도 없어서 관계자 일동

이 난처해하고 있어요. 올리비아도 한숨을 푹 쉬더라고요."

"너희들."

"팡송 잘못이에요."

조금 전에 들은 마법 소녀 건이다. 노려보자 그는 다른 쪽을 쳐다보았다.

안젤리카는 뺨에 손을 대고 기가 찬다는 모습으로 고개를 내둘렀고 다니엘은 웃으며 "너희는 정말 변함없구나"라고 말했다.

"그러니 저 애들도 앞으로 잘 부탁드립니다."

"정중하게 거절하겠습니다."

더 이상 마법사들이 벌이는 소동에 휘말릴 순 없다!

하지만 그걸로 기운을 되찾은 바보가 한 명 있었다.

"앞으로도 잘 부탁해. 스푸트니크!"

"넌 이제 꺼져!"

"아얏!"

자리에서 일어나 승낙을 얻었다는 양 친한 척 어깨에 손을 얹어서 스푸트니크는 그의 엉덩이를 힘껏 걷어찼다.

"실례지만 사모님. 당신이 제일 이 녀석들을 수습하는 데 적임이시지 않나요? 유키도 당신을 늘 나름대로 따르고 있는 듯한 기색이었습니다."

"어머나, 기뻐라."

그들의 과거 이야기를 돌이켜보아도 안젤리카에게는 두 사람 다 은혜를 입었다고 느끼고 있는 것 같았다. 그들을 제

어하고 싶다면 힘으로 제압하기보다도 기어오를 수 없는 사람을 두는 편이 낫다. 그래서 제안했지만, 안젤리카는 애매하게 웃었다.

"그런데 그건 어렵겠어요."

"어째선가요?"

"저, 의사 선생님께서 격렬한 운동은 하지 말라고 말리고 있거든요."

……또다시 할 말을 잃었다.

보석을 토하지 않게 된 몸으로 살아간다는 것은 몸에 전혀 부담이 없다는 것은 아닌 모양이다.

스푸트니크는 한때 유키의 도구로 마력을 빼앗겨 괴로워하던 마법소녀랄까, 마법사 소아란의 모습을 보고 있었다. 분명 그것과 마찬가지일 것이다. 마력을 제대로 만들어내지 못하는 몸이라는 것은 역시 일상생활에도 큰 영향을 끼치는 것—

—이 아니었던 모양이다.

부부는 얼굴을 마주 보고 수줍어하는 미소를 지었다.

"실은 지금 5개월이라서요."

자신의 배를 사랑스럽다는 듯이 쓰다듬는 안젤리카.

황당해하던 스푸트니크는 축복하는 말을 건네는 것도 까맣게 잊어버렸다.

두 사람은 스푸트니크를 나쁘게 생각하지 않았고, 또한

진열장에 놓인 상품을 마음에 들어 한 모양이었다. "다음번엔 아들이 태어나고 나서 고객으로 올게요"라는 말을 남기고 나타났을 때와 마찬가지로 갑자기 떠나갔다.

참으로 바람 같았다. 카운터에 기대면서 한숨을 쉬는데,

"……스푸트니크."

또한 기운 없이 카운터에 푹 엎드린 소아란이 그의 이름을 불렀다.

"왜?"

"클루의 동생 말이야."

"응."

"날 '매형'이라고 불러줄까……."

"네 그 '매형'이란 호칭에 대한 동경은 대체 뭐야?"

서류상으로도 혈연상으로도 타인이라고는 말하지 않았다.

어차피 앞으로 쭉 스푸트니크의 마음고생은 이어질 듯했다. 휴, 하고 긴 한숨을 쉬는 것과 동시에.

—딸랑딸랑.

종소리가 나서 고개를 들어보니 입구에 종업원 클루가 서 있었다.

"다녀왔습니다."

클루의 귀환 파티(3)
Housekihaki no Onnanoko

그건 '클루의 귀환 파티'날에 있었던 일이다.
시간상으로는 점심을 지났을 무렵이었다.

"아, 왔다!"
리아피아트 시 외곽 '리아피아트 시에 오신 것을 환영합니다'라고 쓰인 간판 옆에서.
마차 한 대가 멀리서 달려오는 것이 보여 클루는 양손을 들고 깡충깡충 뛰었다.
이곳에서 목표로 삼은 마차를 계속 기다리다 벌써 다섯 대 정도 사람을 잘못—마차를 잘못 보았다. 그때마다 사과했지만, 그런데도 새로운 마차가 보일 때마다 손을 흔들었던 것은 기다리던 사람을 얼른 만나고 싶어서 어쩔 도리가 없었기에 관둘 수가 없어서였다.
이번에야말로라고 생각해 손을 크게 흔들었다. 가까이 온 마차는 조금씩 속도를 늦추었고 클루가 있는 곳으로 다가왔을 무렵이 되자 말은 뚜벅뚜벅 걷고 있었다.
마차는 이윽고 멈추었고 창문이 열렸다.
"클루. 안녕?"
"언니! 리아피아트 시에 어서 오세요."
마침내 만났다! 꺄악꺄악 환호성을 지르자 한때 클루의 언니였던 사람인—마법사 프랑소와즈—팡숑—유키는 흥미로운 것을 본 듯 웃었다.
그녀는 마차 문을 열게 해서 가방을 들고 내려오더니 마부에게 "여기면 돼요"라고 말해서 요금을 지불했다.

"언니, 바로 보석점에 오실 건가요?"

"아니, 우선은, 어딘가에서 가볍게 식사를 하고 오고 싶네. 도시락을 깜박해서 피네치카 시에서 나오고서는 아무것도 못 먹었거든."

"아, 그럼 언니, 괜찮으면 제가 추천하는 가게에—."

"클루."

수많은 이야기가 하고 싶어서 견딜 수 없었다. 그런 클루의 흥분을 가라앉히듯이 그녀는 클루의 이름을 불렀다.

너무 소란스러웠나. 하지만 그녀가 그렇게 느껴도 당연하다. 피네치카 시에서 이 리아피아트 시까지는 가깝지 않다. 분명 지쳐 있을 터였다. 그런 상황에 오자마자 수다를 떨고 말았다. 어쩜 이렇게 배려가 없는 행동을 하고 말았을까!

다급히 입을 막았지만, 그녀가 이름을 부른 것은 그런 이유 때문이 아니었던 모양이다. 쓴웃음을 짓고 있었다.

"언니라고 부르지 않아도 돼. 분명 안젤리카 님 곁에 있을 적에는 클루의 언니 같은 존재였지만 지금은 난 단순히 클루를 보석상회의 사무원이니까 예전처럼 '팡숑'이건 스푸트니크처럼 '유키'라고 부르건 아무렇게나…… 윽."

말하다 그녀가 작게 신음했다.

클루의 '언니'라는 호칭에 생각나는 바가 있는 모양이었다.

"혹시 량이 '형부라고 불러 달라'고 했어?"

"아, 네."

"역시 불러봤어?"

"'소아란 오라버니'라고 불렀더니 긴 한숨을 쉬고 움직이지 않았어요."

"그랬구나."

"가게에 내버려 두고 왔어요."

"정말 타당한 대응이야."

마법사 소아란이 그 외에도 왠지 여러 가지 수다를 떤 것 같은 기억이 있지만, 클루가 알아듣기 쉬운 이야기가 아니었기에 흥미가 가지 않았다. 그래서 클루는 보석점을 나와서 가던 중에 만난 안나와 세실과 이야기를 하면서 이 사람을 맞이하러 온 것이었다.

후후후, 신난 기분으로 그녀는 걷기 시작했다.

곁에서 걸으며 가방 들어드릴게요, 라고 손을 내밀었지만 거절당했다. '업무 서류도 가지고 왔으니 좀 무거워"라면서 말이다. 활짝 웃으며 "마중 나온 사람이 스푸트니크였다면 아령이라도 넣어 왔을 텐데"라고도 말했다.

하지만 손님에게 짐을 들게 한 채 걷게 하니 마음이 조금 불편했다. 머뭇거리고 있으니 "신경 쓰이면 이렇게 하자"라고 손가락을 세워서 가볍게 흔들었다.

그녀의 손끝에서 흰빛이 퐁퐁 흘러넘쳤고 이윽고 덩어리 하나가 형성되었다. 색을 띠고 나타난 것은 큰 핑크색 거미 인형이었다. 나타난 사역마 샤루는 한 번 "뀨" 하고 울었다. 자신의 몸과 크기가 비슷한 가방을 등에 짊어지고 조금 앞에서 사부작사부작 걸어갔다.

그녀의 빈 손바닥이 아주 조금 붉어져 있었다.

"그런데 용케도 알았네. 내가 마차로 온다는 걸."

"네?"

"전이 마법으로 올 거란 생각 안 했어?"

"아."

듣고서 처음으로 그 가능성을 알아차렸다. 그렇다. 이 사람은 마법을 사용할 수 있다. 그것도 보통의 마법사보다 훨씬 대단한 마법을 사용한다. 매우 훌륭한 마법사인 것이다.

하마터면 이 도시의 끄트머리에서 혼자 외로이, 기다리던 사람이 오지 않아 멍하니 헛물을 켤 뻔했던 차였다. 그녀가 마차로 이동해야겠다고 생각해준 것을 내심 감사했다.

"뭐, 그건 그렇고 할 이야기가 있으니 마중 나온 거 아니야?"

"아, 네. 저기, 그게."

이야기하려다가 말문이 막힌 것은.

그녀는 자신을 언니라고 부르지 않아도 된다고 했다. 하지만 그렇다면 어떻게 불러야 할까. 고민하는 클루에게 그녀는 빙긋이 웃어주었다.

"클루가 부르기 쉬운 대로 불러."

"네, 그럼, 저기."

어떻게 부르면 좋을까. 클루가 정하는 것을 그녀는 가만히 기다리고 있었다.

"저기…… 그럼 '언니'."

헤맸지만 결국 클루는 그녀를 그렇게 불렀다.

적어도 지금은 그렇게 부르는 게 맞지 않을까 생각해서였다.

언니의 오른쪽 눈꺼풀이 살짝 떨렸다. 하지만 입술이 부드럽게 느슨해지더니 "왜?" 하고 말해주었다. 허락을 받은 듯한, 동생으로 받아들여 준 듯한 기분이 들었다.

안도감에 숨을 푹 내쉬고 클루는 다시 이야기를 하기 시작했다. 이번에는 조급해하지 않도록 서두르지 않도록 주의하면서.

"저기, 그게. 언니한테 조금 이야기하고 싶은 게 있어요."

"흐음. 언니는 머리 회전이 꽤 빨라. 일부러 도시 입구라는, 가게에서 먼 곳에서 나를 애타게 기다리고 있었다는 건 스푸트니크한테는 들려줄 수 없는 이야기란 거네. ……그렇다면 즉 사랑 이야기려나?"

윽 하는 목소리가 그만 나왔다. 얼굴이 뜨거워지는 것을 알 수 있었다.

"그게, 저기, 그, 그런, 그런, 그게."

창피해져서 뺨을 감쌌다. 언니는 소리 높여 웃었다. 웃다니 너무하다.

잠시 후에 웃음이 멎어들 무렵 클루는 한 번 헛기침을 했다. 그것보다 클루한테는 그녀와 이야기해두고 싶은 일이 있다. 그리고 그것은 사랑 이야기가 아니다. 아니, 그것도 언젠가는 상담하고 싶지만 말이다.

“……저기, 그게 말이죠……. 괘, 괜찮으세요?”

하지만 지금 이야기하고 싶은 건 그게 아니었다.

뜨거워지는 뺨을 찰싹찰싹 두드려서 진정시키고 나서 상대에게 다시 물었다. 이번에야말로 그녀는 놀리거나 하지 않았다.

“응, 어서 해.”

“저기…… 언니는 대단히 우수한 마법사라고 들었어요.”

“하하하. 그렇지도 않아. 우연히 조금 일반적인 마법사보다 머리가 뛰어날 뿐인 거지. 조금 전에도 말했지만, 너희 보석상한테 있어서는 그저 클루롤 보석상회 직원이고.”

“아니요.”

고개를 가로저었다. 틀렸다고 생각해서였다.

—아니, 그럴 리가 없다. 분명 보석상 거래처로서 그녀는 어른스럽고 내성적인 보석상 협동조합의 직원이다.

그러나 그녀가 가진 현재의 일면이 그렇다 하더라도.

“스푸트니크 씨가 저한테 언니의 지금까지의 이야기를 말해줬어요.”

그녀가 살아온 길을 클루는 알고 있었다.

그래서 물어보고 싶은 게 있었다.

“나에 대해?”

그렇다.

그녀에 대해.

“언니는 친부모님을 잃은 후 저희 어머니 밑에서 저와 제

어머니를 호위해주셨다고 들었어요."

"응."

그건 긍정이 아니라 의미가 없는 단순한 맞장구처럼 보였다.

다만 들어주고 있는 것은 확실하다. 그 사실에 안심해서 이어나갔다.

"……그런데 그러던 중에 언니는 목숨이 위험하게 되었죠. 언니는 우리를 안전한 곳으로 달아나게 하고 자신의 마법사로서의 존재를 지우고 연구자로서의 지위도 버리고서 클루롤 보석상회에 몸을 숨겼어요."

"응."

클루는 생각했다. 언니는 간파하고 있을까. ……어쩌면 헤아리고 있을지도 모른다. 이 강대하고 우수하고 교활하고 어리숙하기도 한 언니는.

클루가 지금부터 무슨 이야기를 하려고 하는지를.

이미 알아차리고 있을지도 모른다.

"그 이야기를 듣고 저는 생각했어요."

"……뭘?"

의문형. 그 또한 어딘가 연기처럼 보였다.

클루는 떠올렸다. 스푸트니크에게 그녀의 이야기를 들었을 때의 일을.

스푸트니크는 머리가 좋다. 적어도 클루보다 훨씬 훨씬. 보석상으로서 수많은 것을 배우고, 여러 경험을 쌓으면서,

그는 그렇게 살아왔다.

스푸트니크에게 클루의 언니라는 사람의 이야기를, 삶의 방식을 들었을 때.

클루는 단 한 가지가 신경 쓰였다.

하지만 자신보다 머리가 좋을 터인 스푸트니크는 어째서인지 '그 사실'은 생각지도 않는 듯했다.

"……언니가 우리를 지켰다, 그 결과."

클루가 신경 쓰인 단 한 가지.

그것은.

"언니의 곁에는 무엇이 남았냐는 거예요."

—스푸트니크는 생각지도 않는 듯했다.

마치 '그녀는 그런 일 따윈 개의치 않는다'라고 말하듯이.

그런 속물적인 것, 그녀가 생각할 리가 없다고 말하듯이.

"언니."

언니는 아무 말도 하지 않았다. 그저 클루의 곁을 걸어가고 있었다.

한때 자신의 언니였던 이 사람을, 이 사람과 보낸 하루하루의 일을, 클루는 지금도 여전히 기억나지 않는다. 그래서 이 사람을 클루는 자세히는 모른다. 들은 이야기에서 상상하는 수밖에 없지만—.

스푸트니크의 이야기 속에서 그녀는 무척이나 강했다.

낳아주신 부모님을 잃고, 동료가 그녀의 목숨을 노리고, 연구자 지위를 빼앗겨도, 여전히 자신이 살아갈 수 있는 장소를 찾아서 발견해 그저 혼자 살아왔다.

그가 말하는 자신의 언니라는 사람은 강인했다.

……지나치게 강했다.

마치 영웅담에 등장하는 주인공이기라도 한 것처럼 지나치게 강했다.

"언니."

다시 한 번 불렀다. 아무 말도 하지 않았다.

그래서 클루는 말을 더했다.

"언니. 전 스푸트니크한테서 언니 이야기를 듣고 생각을 멈출 수 없었어요. 전 지금도 여전히 엄마도 언니도 아무것도 생각나지 않아요. 그건 분명 슬프고 괴로운 일이에요. ……그래도 전 그걸 잃는다고 해도…… 잃은 결과, 제가 이 도시에 올 수 있게 된 게, 지금 이 도시에 살 수 있다는 게 너무나도 기뻐요. 그건."

그건.

클루를 구하고 도와준 모두가 있어서다.

—하지만.

자신의 행복을 생각할 때마다 클루는 떠올리게 된다.

이 사람은 어떨까.

클루가 엄마와 떨어지고서 지금에 이르기까지보다 더더욱 긴 시간을 우는소리 한 번 뱉지 않고 모든 것에 대해 입을 다물고 때로는 속이고 그저 혼자서 고독하게 살아왔다는 이 사람은.

그리고 언니는 그런 자신을, 고독한 그녀 앞에서 행복하게 살아가는 자신들을.

어떻게 생각하고 있을까.

"알려주세요. 언니가 저를…… 언니가 만나온 모든 사람을요."

클루는 스푸트니크에게 들은 '언니라는 사람의 이야기'를 밤에 몇 번이나 따듯한 침대 안에서 반복해서 떠올렸다.

그리고 생각했다.

그녀는 그녀가 지불한 것에 걸맞은 무언가를 얻었을까?

무언가를 얻을 수 있었을까?

그녀는.

보답을 받았을까?

—언니의 발걸음이 멈추었다.

더불어 클루도 멈추었다. 사역마 또한 몇 걸음 앞에서 멈춰 있었다. 언니는 똑바로 길 앞을 쳐다본 채 우두커니 서서 그리고.

"내가 모두를 어떻게 생각하냐고?"

얼마나 지났을까 그녀는.

마침내 입을 열었다—.

"정말 싫어해."

그것은.

땅 깊은 곳에서 울려 퍼지는 듯한 나지막한 목소리였다.

"아아, 그래. 잘 꿰뚫어봤어."

그 음색은.

그녀가 아코였던 시절부터 팡숑으로서 유키로서 쭉 품어 온 생각, 그 자체인 듯했다.

"너도 싫어. 안젤리카 님도 싫고. ―시시한 이유로 죽은 부모님도, 나를 거두어들인 마녀협회도, 이별을 고한 내 남동생도, 매달리던 약혼자도, 태어난 여동생도, 엄마라고 큰 소리치는 그 여자도, 다정했던 동족들도. 누구라고 할 것 없이 다가와서 내 걸 전부 빼앗아갔어. 아무렴, 그렇고말고. 네가 한 상상대로야. 동생, 이런 나를 비웃는 게 나을걸. 생각하고 고민하고 따지고 발버둥 치며 살아남은 그 결과, 내 곁에는 지금 아무것도 남아 있지 않으니까!"

"……."

거리를 보고 있던 언니의 눈이 갑자기 클루를 내려다보았다.

피가 이어져 있지 않은데 그 눈은 거울에 비친 자신의 두 눈의 색과 쏙 빼닮아 있었다.

"사랑스러운 동생. 내 어디가 잘못됐는지 알려줄래? 어릴 때 가족을 잃고, 자신의 위치를 얻기 위해 협회랑 거래를 해서 필사적으로 살아남으려고 했던 나한테 사람들은 주어진 양가족을 내가 죽어서라도 지키는 임무를 내렸고, 약혼자마저 나를 매달릴 수 있는 사람으로밖에 보지 않았고, 동족한테는 목숨을 위협받았고, 연구자로서의 지위마저 내쫓겨, 지키라고 주어진 자를 지키는 것조차 이룰 수 없었어!

결국에는—.”

결국에는.

마지막에 덧붙여지듯 뱉은 한마디는 빠른 말투에 희미해서 클루에게 들려주기 위한 것이 아니었던 듯하다. 들릴 거라고는 생각지 않았을 테다.

“—재회하기를 고대했던 소꿉친구는 나 때문에 화려한 미래를 버렸어.”

하지만 클루는 그 말을 들었다.

스푸트니크는 그녀가 자신과의 재회를 바란 것은 우정도 뭣도 아닌 단순히 본가의 후계자 자리를 이을 그의 재산을 노린 것이었다는 사실을 ‘진짜 그 여자다워’라고 포기한 듯한 한숨과 더불어 이야기해주었다.

하지만.

클루는 어째서인지 스푸트니크가 들었다는 그 ‘동기’에서도 묘한 위화감을 느꼈다.

클루는 스푸트니크의 이야기를 듣고 언니가 스푸트니크에게 하지 않은 말이 있다는 사실을 깨달았다.

입을 다물고 있었던 일의 개수가 하나인지 아닌지까지는 모른다. 하지만 입을 다문 이유는 이해한다. 분명 타인의 내면에 있을 그녀라는 환상을 지키기 위해서다.

그것은 어째서일까?

언니가 만약 정말 스푸트니크의 재산을 목적으로 재회를 바랐더라면 보석상으로 만난 그에게 용건은 없다는 게 된다.

그런데도 언니는 클루를 보석상회에서 이 가게의 관리담당자가 되어 그를 위해서 서류를 위조하고 그의 공범자로서 여러 죄를 저질렀다.

그건 어째서일까?

한때 클루의 언니였던 그녀는 클루의 형부가 될지도 몰랐을 사람에게 이렇게 말했다고 한다.

"더불어 살아가자. 서로 바라는 사람이, 바라는 삶의 방식이 나타날 때까지."

언니가 '바라던 사람'이란 누구일까?

—혹시 언니는.

언니가 허리를 굽혔다. 클루의 눈앞에 들이댄 얼굴이 웃었다. 그 흰 눈은 충혈되어 있었다.

"속으로 원망하는 정도라면 괜찮지, 망할 꼬맹이. 너도 네 엄마도 그래. 이 세상을 아무것도 모르는 주제에 다 훤히 꿰뚫고 있다는 듯한 그 눈이 정말 짜증 나!"

언니가 내뱉은, 클루가 좋아하는 사람과 아주 닮은 말투는 좋아하는 사람보다 그녀에게 훨씬 어울렸다. 그건 그 사람이 그녀를 흉내 냈기 때문이다. 그 사람이 혼자 살아가려고 결정했을 때 강해지려고 결정했을 때 모방해서이다. 강한 그녀를.

클루는 생각했다. —자신은 아직 나약하다.

하지만.

"언니."

나약하다고 해서 모르는 건 아니다.
클루는 가슴을 펴고 등을 꼿꼿하게 세웠다. 그녀를 향한 충혈된 눈에 굴하지 않듯이.
"언니가 단 홀로 살아온 시간이 얼마나 괴로웠을지 전 상상 밖에 못 해요. ……아뇨. 상상도 못 하겠어요. 하지만."
클루는 생각했다. 자신이 나약하다면 어리석다면.
자신이 그녀에게 할 수 있는 말은 단 한 가지였다.
"언니 덕분에 전 그 사람을 만났어요. 그래서."
적어도 그 사실만큼은.
자신의 내면에서 틀리지 않았다.
"고마워요."
그러자 언니는.
접은 허리를 폈다.
그리고.
—클루의 머리에 손을 털썩 얹었다.
"클루. 많이 생각했구나."
그곳에 가라앉은 응어리를 걷어내는 듯한 어둡고 비참함은 이미 없었다.
그녀는 그저 클루에게 칭찬을 확실히 해주었다.
"내가 겁을 줬네. 조금 짓궂게 굴고 싶어졌었어. ……반듯한 너한테."
빙긋이 웃는 그 모습은 클루에게 다정한, 클루가 잘 아는 그녀의 모습 그 자체였다.

—아니.

그 순간 클루의 가슴이 두근 하고 뛴 것은.

"네가 상상한 게 맞아."

인정하는 언니의 입가는 느슨해졌고, 눈은 가늘어졌고, 분명히 그녀는 웃고 있었다.

하지만 어째서인지 그저 한순간 그 모습이—.

"난 너희가 샘나서 참을 수 없어."

—클루와 나이가 별반 다르지 않은 소녀의 우는 얼굴로 보였기 때문이다.

"클루, 네가 말한 대로야. 그리고 조금 전에 내가 한 말도 진심이고. ……난 사랑스러운 걸 얻지 못했고, 사랑했던 사람을 끝내 지키지 못했고, 내가 원하던 모든 건 손 안에서 흘러내렸어. 내가 사랑하는 '마법'도 분명 언젠가 미래에 사라져 없어질 거야."

얹어진 따스한 손. 클루의 생각에 동의하는 언니를 앞에 두고—.

클루는 땅을 보았다. 언니를 보는 게 괴로워졌다. 자신이 상상했던 게, 그리고 언니가 인정했던 게, 얼마나 서글픈 일인지 재차 알아차린 것이다.

그저 홀로 원하고 좇았지만, 무엇 하나 얻을 수 없었던 세계.

그건 얼마나 서글픈 일일까. —괴로운 일일까.

그리고 지금도 여전히 그녀가 계속 끌어안고 있는 그 슬

픔을, 괴로움을, 고독을 이 세상 누구 하나 알아차리지 못했다는 것은.

그건 얼마나—.

너무나도 가슴이 아파서 입술을 깨물었을 때.

"클루."

놓여 있던 손이 이동해서 클루의 뺨을 천천히 어루만졌다. "고개 들어봐" 하고 재촉하는 말에 따라 클루가 조심스럽게 고개를 들자 그녀는 역시 웃고 있었고—.

하지만 그 표정은 조금 전과 살짝 달라져 있었다. 짓궂게 웃는 미소에 꿍꿍이 같은 것이 번지고 있었다.

어째서일까 하고 생각하고 있으니 뺨에서 그녀의 다정한 손이 떨어졌다.

그녀는 그 손가락을 딱 하나 세웠다.

"그런데 넌 한 가지 착각하고 있어."

"네?"

무슨 뜻이지?

고개를 갸웃거리는 클루의 곁에서 언니는 앞에서 가는 사역마를 향해 손짓했다.

"분명 나는 너희를 부럽다고도 샘이 난다고도 생각하고 있어. 그런데 말이지."

기다리다 얼이 나간 사역마는 마침내 내려진 명령에 "뀨" 하고 기쁜 듯 소리를 높이더니 이쪽으로 돌아왔다.

"난 지금에 도달하기까지 여러 가지를 심어왔어. 한때 내

뒤를 졸졸 따라다니기만 하던 동생은 지금은 자기 가게를 차릴 만큼 어엿한 성인이 되었고 말이지. 한때의 파트너는 강하게 성장해서 나한테 싸움을 걸 정도가 되었어. 날 선택한 사람은 지금은 마녀협회 본부에서 큰 힘을 얻었어. ……내가 지키겠다고 결정한 엄마나 여동생, 가족들은 어찌 됐든 즐거운 듯하고 말이야. 내가 심은 씨앗은 내가 바라는 형태는 아니지만 전부 다 싹을 틔우고 성장해 훌륭하게 꽃을 피웠어."

언니가 무언가를 바라보고 있었다.

시선을 좇았다. 길 가장자리에 만들어진 작은 꽃밭이었다.

"내가 도움을 준 모두가 바라는 대로 살아가고 있어. 그 인생 속에는 적어도 나라는 존재가 묻혀 있지. ……그리고 내가 그들의 앞에 얼굴을 보이면 떨떠름한 표정을 하면서도 다들 내 억지에 어울려주고 있어. 부모님을 잃고 울타리를 잃고 혼자 남겨져 앞으로 어떻게 살아갈까 고민하던 아이는 이제 없어. 그러니."

이건 날 아는 사람이라면 분명 믿지 않겠지만.

그렇게 읊조리고 나서 씨익 이를 보였다.

"난 지금 그럭저럭 만족하고 있어."

안경 안에 자리한 눈이 웃고 있었다.

따스한 바람이 훅 불어와 그녀의 앞머리를 살랑였다.

"클루."

"네."

"고마워."

그녀는 어째서인지 클루에게 감사 인사를 했다.

무엇에 대한 감사 인사일까. 감사를 받을 만한 행동은 하지 않았다.

그래서 클루는 고개를 가로저으며, 그녀와 마찬가지로 웃었다.

"아뇨. 유키 씨."

그리고 대답하고—.

자신이 상상했던 것의 너무나도 보잘것없음에—그녀가 말한 '착각'이 무척이나 창피하게 느껴졌다.

양손으로 얼굴을 덮었다.

"저 아직 제대로 모르는 게 많을지도 몰라요."

"무슨 소리야. 당연하지."

하지만 유키는 클루가 저지른 실례되는 행동을 화내거나 꾸짖지 않았다.

허리에 손을 대고 후후후 하고 의기양양하게 웃었다.

"그 나이에 조숙하면 어른들 입장이 곤란하잖아. ……그래도 배워야 하는 게 많다는 건 이젠 알지?"

"네."

"그럼 지금은 그걸로 충분해."

유키는 마치 클루의 건투를 빌듯 등을 토닥토닥 두드려주었다.

"그러니 차분하게 기도해둬. ……어차피 아직 말 안 했지?"

쓰린 곳을 찔려서 클루는 윽, 하고 고개를 움츠렸다. 이 사람은 어디까지 꿰뚫어보고 있을까. 뭐든 알고 있는 듯하다.

그런 클루의 모습에 유키는 한바탕 웃고 나서 손을 살랑살랑 흔들었다.

"그럼 나는 여기서 헤어질게."

"어, 우리 가게에 안 오실 거예요?"

"음. 잠시 다른 사람을 만나고 갈게. 이 도시에 사과해야 하는 사람이 한 명 있거든."

그녀가 사과해야 하는 사람?

"누구예요?"

"싸움을 걸어서 말려든 민완경위 아가씨."

미간과 턱을 찌푸리고 입술을 삐죽댄 모습이 내심 고민하고 있는 듯해서 그녀로서는 드문 표정이었다. 무심코 웃음을 터뜨린 클루에게 그녀는 "정말 고민하고 있다고"라며 부루퉁하게 말했다.

"가능하면 적으로 만들고 싶지 않으니 용서해주면 좋을 텐데."

"나츠 씨라면 괜찮아요. 좋은 사람이니까요."

"음. 클루가 그리 말한다면 믿고 힘내볼게."

"네."

나츠와 유키라면 괜찮다고 확신을 가지고 생각했다.

분명 두 사람은 좋은 친구가 될 것 같았다. ……스푸트니크는 어쩌면 두 사람이 친해지는 걸 싫어할지도 모르지만.

"우리 둘 다 힘내요, '언니'."

"동감이야, '동생'. —나중에 다시 봐, 클루."

유키가 손을 살랑살랑 흔들어주었다.

클루도 흉내 내서 그녀의 뒷모습을 향해 손을 흔들었다.

"다녀왔습니다."

스푸트니크 보석점으로 돌아오자 점주 스푸트니크와 마법사 소아란이 있었다.

어째서인지 두 사람 다 묘하게 지친 기색으로 카운터에 기대고 있었지만, 클루가 귀가 인사를 하자 스푸트니크는 평소대로 "다녀왔어?"라고 맞이해주었다.

"쿠, 어디 갔었어?"

"그게."

유키와 만나고 왔다고 답하는 건 간단하지만.

대화 내용까지 말해야 한다면 조금 부끄럽다. 그래서,

"아무것도 아니에요."

"응? 이상한 녀석이네."

에헤헤, 하고 웃었다. 하지만.

클루 또한 조금 흉내 내고 싶어졌다.

입술을 뾰로통하게 내밀고 다른 쪽을 보았다.

"시끄러, 예요."

그러자.

스푸트니크는 아무 말 없이 자리에서 일어났다.

"이 몸한테 언제부터 그런 투로 말하게 된 거야. 응?"

"으으으윽."

스푸트니크가 클루의 뺨을 잡아당겼다. 외출한 사이에 무슨 일이 있었는지 모르지만, 기분이 언짢은지 평소보다 잡아당기는 힘이 셌다.

하지만 굴할 순 없다.

화끈거리며 얼얼한 뺨을 문질러서 원래 상태로 되돌렸다. 그리고 똑바로 스푸트니크를 보았다.

그는 무언가―아마도 가벼운 말을 던졌지만, 클루의 상태가 예사롭지 않다는 사실을 깨달았는지 관뒀다.

클루의 시선을 받아주었다.

"왜 그래?"

이럴 때 클루는 스푸트니크를 약았다고 생각한다.

늘 어린애 취급을 하는 주제에 클루가 진짜 물어봐 줬으면 할 때는 클루를 제대로 봐준다. 클루의 이야기를 제대로 듣고 판단해주는 것이다.

그럴 때만 정말 어른스럽게 굴다니 약았다.

하지만 그럴 때.

그는 확실히 어른이다.

그래서 클루는,

"―스푸트니크. 부탁이 있어요."

그런 그의 곁에 있을 수 있게 되고 싶다고 마음이 아릴 만큼 생각했다.

편지
Housekihaki no Onnanoko

편지 한 통이 도착했다.

"……못 말리는 녀석이군."

편지의 수신인은, 그리고 편지를 받은 것은 클루롤 보석상회의 회장 클루롤이었다. 자신이 운영하는 상회 본부가 아닌 자택 앞으로 도착한 그것을 그는 자택 서재에서 펼쳤다.

밋밋한 디자인의 흰 편지지. 첫 번째 장을 보고 그만 웃고 말았다.

편지의 발신인은 이미 상인이 된 지 오래다. 올바른 편지 서식 정도는 이미 익혔을 텐데 클루롤에게 보내는 편지의 시작은 지금도 반드시 계절 인사를 생략한다.

발신인은 보석상 스푸트니크였다. 클루롤의 양녀 유키와 손을 잡고 종종 악행을 저지르는 청년이다. 얼마 전에 뷔알톤 시를 방문했는데, 그때도 이쪽에 실컷 민폐를 끼쳤다.

클루롤에게 있어서 못된 아들 같은 그에게서 온 편지를 클루롤은 한 구절씩 정성스럽게 읽었다.

*

클루롤 님

스푸트니크입니다.

얼마 전에 뷔알톤 시를 방문했을 때 크게 신세를 졌습니다.

클루와 무사히 리아피아트 시에 도착했기에 이번 건에 대한 감사 인사와 근황 보고를 겸해서 지금 펜을 잡고 있습니다.

그 건에서 입은 제 부상은 나름대로 회복됐습니다.
기온이 낮은 아침저녁이나 온도가 높은 날에는 쑤시지만, 걷는 데 목발도 필요 없어지고 장사에 문제가 없을 정도로는 움직일 수 있게 되었습니다.
난처한 사항을 말하자면 클루가 지나치게 절 보살피려고 하는 걸까요. 다만 자신 때문에 부상을 입은 것을 속상해하기보다는 간병놀이가 하고 싶을 뿐인 것처럼 보입니다.
그것도 제가 일어나려고 할 때마다 눈앞에 다가와서는
"천천히 일어나요, 천천히!"
라고 긴장한 얼굴로 말하고, 일어나면 이마의 땀을 닦으려고 하는 동작을 취하고는 자못 '큰일 해냈다'라는 모습을 보이고 싶어 해서 성가십니다.
또한 뭘 착각한 건지 식사까지 거들려고 합니다.
입원한 동안에 간호사에게 부탁해서 이 녀석에게 '환자를 대하는 올바른 태도'를 배우게 해둘 걸 그랬다고 후회하고 있습니다.
……다만, 이 녀석의 번잡스러움이 있어야 비로소 우리 가게이자 제 일상이라는 사실도 이번 일로 몸소 이해했습니다.

클루에 대해 말하자면, 유키에게 들었으리라 생각하지만 리아피아트 시 단골 찻집에서 클루의 귀가 파티를 열게 되었습니다.

클루롤 씨는 일 때문에 오실 수 없다는 게 안타깝습니다.

또한 축하 선물 감사합니다. 클루에게 확실히 전달하겠습니다. 동네 주민 말고 유키나 마법사들도 오게 되었기에 시끌벅적한 파티가 될 것 같습니다.

저희 가게는 다시 문을 열었습니다.

안건은 쌓여 있지만 유키와 상회가 움직여준 덕분에 트러블이나 걱정거리는 없습니다. 예전과 변함없이 하루하루 업무를 처리해나가고 있습니다.

클루롤 보석상회에서의 처분도 불문으로 그치게 해주셔서 감사합니다. 그렇게나 소란스럽게 했으니 어떤 통지가 내려와도 받아들일 생각이었습니다만, 완전히 무죄방면으로 처리해주실 줄은 생각지도 못했습니다. 은혜에 보답할 수 있도록 앞으로도 정진해나가겠습니다.

이번 뷔알톤 시 방문으로 클루는 많은 것을 배운 듯합니다.

그와 동시에 저 자신도 저의 미숙함을 뼈저리게 깨달았습니다. 학창시절의 전능감은 나이를 먹어가면서 옅어졌고 아직 배워야 하는 게 많다고 통감할 따름입니다.

이번 건으로 실컷 신세를 졌으면서 '앞으로도'라고 하면 적당히 하라고 설교를 들을 것 같지만, 클루롤 씨에게는 거래처로서 선배로서 아직 여러모로 신세를 지게 될 듯합니다.

친아버지보다 아버지처럼 의지해서 대단히 죄송하지만, 앞으로도 지도 편달을 부탁드립니다.

*

장황하게 일방적으로 적힌 편지를 다 읽었다.

"못 말리는 녀석이군."

클루롤은 서두를 읽었을 때와 똑같은 말을 했다.

"젊은 녀석이 다 늙은 사람처럼."

그리고 흠, 하고 목에서 웃음소리가 새어 나왔다.

여전히 건방진 소리나 쓰는 녀석이다. ……실컷 애를 먹여온 아들이나 마찬가지인 청년에게 '아버지 같다'라고 불린 것에 대한 기쁨조차 어차피 이해도 못 하면서.

하지만 편지 내용에서 보면 스푸트니크도 그 나름대로 자신이 저지른 소행을 반성하고 있나 보다.

상인이 되어 종업원을 고용하고 여러 고객을 유치하고—보석상으로서 잘해나가고 있던 차에 이번 사건이 일어났다. 클루롤을 앞지르려고 했지만, 그것도 실패하여 자신의 어리석음을 통감했을 터이다.

하지만 클루롤은 그래도 괜찮다고 생각했다.

얼마든지 좌절하는 편이 낫다. 아직 젊으니까.

—노크 소리가 났다.

"네."

대답했다. 문이 살짝 열리고 얼굴을 보인 사람은.

"스푸트니크 씨한테서 편지가 왔다고 해서요. 괜찮은 거죠?"

클루롤의 아내인 마리아였다.

"어떤 내용이 쓰여 있었어요?"

"여전히 건방진 소리만 쓰여 있었어. 녀석한테 편지가 왔다 한들 기쁘지도 않아."

클루롤의 반응이 우스웠는지 마리아는 풉, 하고 웃음을 터뜨렸다.

"고집부리는군요."

"왜 그렇게 생각해?"

"그야 당신은 그 아이들이 체류하는 중에 클루는 물론 스푸트니크 씨의 부상도 열심히 걱정했으니까요."

"음……."

"그러니 근황 보고가 도착해서 다행이구나 싶네요."

순순히 기뻐하면 좋지 않아요? 마리아의 그 진언은 옳았지만, 오랫동안 그 녀석의 행동을 봐온 탓에, 너무나도 봐온 탓에 이제 와서 대하는 태도를 쉽게 바꿀 수 없었다.

하지만—동시에 오래 봐왔기에 안다.

그는 확실히 실력 좋은 보석상이다. 앞으로 여전히 성장해갈 것이다.

"……그건 당신 눈으로 봐."

곁에 선 마리아를 보았다.

그녀는 무뚝뚝한 표정의 클루톨에게 미소 짓고 있었다.
"언젠가 나를 뛰어넘을 보석상이 될 거라 생각해?"
"글쎄요. 전 장사에 대한 건 잘 모르지만—."
아주 잠시 생각하는 듯한 틈을 두었다.
그리고 그녀는 이렇게 물었다.
"그때는 당신의 후계자가 되나요?"
자신의 마음속 아주 깊은 곳에서 하던 생각을 말로 들어서 그만 허를 찔린 듯한 기분이 들었다.
하지만 말로 들으니 알 수 있었다. 그 녀석에게 그런 자리는 어울리지 않는다는 것을.
그 녀석은 더 자유로운—.
"마리아, 그것보다 무슨 일이야?"
그러게요. 잊고 있었어요. 라고 쑥스럽게 웃으며 마리아는 가슴 앞에서 손을 모아 박수를 쳤다.
"조금 전에 그랑 현관에서 만났어요. 당신을 만나고 싶다고 해서 안내해왔어요."
"누구를?"
그. 그 3인칭에서 떠오른 것은 편지를 받기도 해서 스푸트니크였지만, 설마 그 녀석일 리가 없다. 리아피아트 시에서 여기까지 상당한 시간이 걸리고, 마법사의 능력을 가진 유키의 힘을 사용해 왔다면 이야기가 달라지지만, 그렇다면 마리아는 유키도 언급했겠지. '그'라고는 가리키지 않았을 것이다.

그렇다면—.

하지만 클루롤에게 고민할 시간은 없었다. 고민할 틈도 없이 그것이 실내로 뛰어 들어왔기 때문이다.

"장인어른! 편지는 읽으셨나요?!"

"네 놈에게 장인어른이라고 불릴 이유는 없다!"

반사적으로 대답이 나왔다. 클루롤의 양녀 유키의 자칭 애인이자 실질적으로 똘마니. 클루롤을 장인어른이라고 부르고는 늘 신경을 거스르는 골칫거리, 랏슈라는 남자였다. 어디까지나 자칭이고, 유키 자신도 이것의 존재는 거추장스러워하는 모양이다.

하지만 그는 주변을 신경 쓰지 않는 그 태도로 클루롤이나 유키의 거절 또한 개의치 않았다. 평소처럼 눈을 초롱초롱 빛내면서 보기만 해도 땀이 나는 미소로 "제 처남 스푸트니크의 편지는 읽으셨나요? 장인어른?!" 하고 다시 클루롤에게 들이댔다.

랏슈의 어깨를 밀어서 거리를 두면서 그의 말을 혐오하면서도 이해하려고 노력했다.

—스푸트니크의 편지?

"읽었어. 그게 왜 너랑 관계가 있지?"

"어머나, 당신."

클루롤의 질문에 대답한 것은 마리아였다. 화들짝 놀라 눈을 크게 뜨고서

"이 편지를 배달해주신 건 랏슈 씨예요."

"처남한테서 '이거 서둘러서 클루롤 씨한테 가져다줘. 음, 안에 너랑 유키 사이를 인정하도록 거드는 말이 쓰여 있을지도 모르니까 서둘러 가져다드려'라고 들었는데!"

"저 멍청한 녀석…… 잘 들어, 이건 그런 편지가 아니야. 그런 말이 쓰여 있을 리가 없잖아!"

"즉, '쓰여 있지 않아도 원래부터 두 사람의 사이를 인정하고 있다'라는 뜻인가요?!"

"누가 좀 이 녀석을 저택에서 끌어내!"

뭐가 '즉'인가. 확대해석 그 자체인 결론이 나와서 인내심이 한계에 도달했다. 의자에서 일어나 큰소리로 외치자 곧장 고용인이 달려왔다.

고용인 두 사람에게 겨드랑이가 붙잡혀 랏슈가 방에서 퇴장하는 것을 지켜보고서.

클루롤은 한숨을 크게 쉬고 이마를 짚었다.

"빨리 보내고 싶었으면 유키한테 이야기하거나 다른 방법도 있었을 텐데…… 그 녀석은 못 말린단 말이야……!"

"진정하세요. 혈압 올라가요. 심호흡. 심호흡해요!"

마리아의 가느다란 손이 클루롤의 어깨를 쓰다듬었다.

클루롤은 한 번 더 심호흡을 하더니 의자에 푹 앉았다. 책상에 놓인 편지를 집어 들어 한 번 더 읽었다. 몇 번 다시 읽어도 랏슈가 한 말 같은 것은 쓰여 있지 않았다. 쓰여 있을 리가 없지—만.

"……응?"

"왜 그러세요?"

"아니, 이어지는 말이……."

마지막이라고 생각했던 편지지, 그 뒤에 한 장이 더 있었다.

물론 랏슈가 한 말과 같은 게 적혀 있을 리가 없다고 생각했지만 놓치고 읽지 않았던 그것은 단락을 나눈 듯한 문장에서 시작되고 있었다.

그리고.

서두에서 이 편지 내용을 이번 일에 대한 감사 인사와 귀가 보고로서 올렸습니다.

속이는 듯해서 죄송하지만 실은 전하고 싶은 게 하나 더 있습니다.

"……전하고 싶은 거?"

"뭘까요? 갑자기."

들여다보던 마리아도 클루롤과 비슷한 속도로 문장을 좇고 있는 듯했다.

그대로 시선을 떨어뜨려 나가자 그곳에는 이렇게 이어지고 있었다.

한 가지 부탁이 있습니다.

파티에 오신 것을
환영합니다!
Housekihaki no Onnanoko

그것은 '클루의 귀환 파티'날의 일이다.

시간상으로는 저녁 무렵으로, 장소는 찻집 피네였다.

오늘 파티의 주최자인 스푸트니크는 플로어의 가장 안쪽에 서서 가게 안을 빙그르 둘러보았다.

파티는 예정대로 준비가 되었다. 벽은 알록달록한 종이로 접힌 꽃이나 별모양 오너먼트, 파스텔컬러의 가랜드로 장식되어 있었고 모든 테이블에는 예쁜 꽃병과 꽃이 꽂꽂이 되어 있었다. "주정뱅이가 나올 테니 양초는 사용 안 했어요"라는 건 엘사의 현명한 판단이었다.

클루는 점내 모든 것을 둘러볼 수 있는 가장 안쪽 테이블에 앉아 수줍은 듯이 웃었다.

"긴장되네요!"

그리 말했지만 모인 사람은 어차피 지인뿐이다.

누가 만들었는지 용의주도하게도 그녀는 금색 종이로 만든 왕관을 쓰고 있었다. 차라리 '오늘의 주역'이라고도 쓴 어깨띠라도 준비했으면 좋았을 텐데 말이다.

"그럼 슬슬 다 모였으니. ……정숙해요! 정숙!"

곁에 선 엘사가 양손을 짝 하고 치는 소리가 두 번 울렸다. 그것만으로 술렁이던 점내의 소리가 가라앉았다. 동시에 모두의 시선이 이쪽으로 향해 클루의 등이 의미 없이 꼿꼿해졌다.

"그럼 파티 개시 인사와 건배 선창을 스푸트니크 보석점의 점주 스푸트니크 씨가 하시겠습니다."

앉은 클루에게서 "스푸트니크 힘내요!"라고 작은 응원 소리가 날아들었지만, 해설서가 필요할 만큼 멋스러운 말을 할 생각은 없었다.

허리에 왼손을 대고 숨을 들이쉬었다.

전원에게 들리도록 소리를 쩌렁쩌렁 높였다.

"지금 막 소개를 맡게 된 스푸트니크입니다. 이번에는 당점에서 주최하는 '클루의 귀환 파티'에 예상을 훨씬 뛰어넘는 인원이 참석해주셔서 진심으로 감사합니다. 바보 녀석들, 도가 지나치잖아! 또한 뷔알톤 시 현지에서 협력해주신 분들께는 조력해주신 점 진심으로 감사드립니다. ……그럼, 파티에 있어서 우선 주의점이 몇 가지 있습니다. 빈 접시와 잔은 되도록 스스로 처리하세요. 서로 양보하는 정신을 소중히 여기길 바랍니다. 편식은 용서하지 않을 겁니다. 시킨 음식은 책임지고 드시길. 도시락 지참은 발견되는 대로 강도로 보아 즉각 경찰에 고발서를 제출하겠습니다."

신이 난 그들은 인사를 듣는 건지 마는 건지 알 수 없었다.

"그리고 제일 중요한 점입니다. 오늘 파티는 참가비 무료, 전액 스푸트니크 보석점에서 부담합니다. 저희 가게로서는 장난 아닌 적자 출혈 빅 서비스이니, 앞으로 이웃 간의 관계를 고려해서라도 술 소비는 최대한 자제하시길."

"스푸트니크 씨, 술 한 잔 더."

"여기도!"

"아직 건배도 안 했는데 벌써 마시고 있는 거야?!"

엘사도 기쁜 듯이 서둘러 추가 술을 따르러 가지 않길 바랐다.

"어쨌거나 내일 이후, 스프트니크 보석점에서 내점과 주문을 진심으로 기다리고 있겠습니다.

그럼 여러분, 잔을 들고 건배합시다. 당점 종업원의 무사 귀환을 축하하고 더불어 오늘 모여주신 여러분의 건승과 활약과 '평안'을 절실히 기원하며—."

한 박자.

스프트니크의 신호에 모두 크게 숨을 들이쉬고.

잔을 드높이 치켜들어,

"—건배!"

그리고 파티가 시작되었다.

*

"흐음……."

베개가 구루룩 묘한 소리를 낸 탓에 클루는 눈을 떴다.

여기는…… 집이 아니었다. 찻집 피네, 그 바닥이다. 아무래도 파티 도중에 잠이 든 모양이다.

어두웠을 터인 창밖은 점점 하얘지고 있었다.

몸을 일으켜 처음으로 자신이 스프트니크의 배를 베개로

삼아 자고 있었다는 사실을 깨달았다. 들었던 것은 스푸트니크의 배에서 나는 소리였던 모양이다.

멍하니 잠이 덜 깬 머리로 파티 상황을 떠올렸다. 어젯밤은 엄청나게 시끌벅적했다. 어른들은 술을 끼얹다시피 마셨고 아이들은 맛있는 케이크를 산더미처럼 먹었다. 클루는 파티에 온 마법사들이나 마을 사람들을 비롯한 전원과 수다를 떨었을 터였다.

참석자로부터 수많은 선물을 받았다. 장난감이나 과자, 꽃다발부터 해서 화려한 노래나 음악, 춤까지.

클루의 요청으로 싫다면서도 곡에 맞춰 빙글빙글 능수능란하게 춤춘 스푸트니크의 모습은 어쨌거나 멋졌고 클루의 가슴 속에서 평생의 보물이 되었다.

그에 대항하여, 라고 할까 유키의 지시를 받아 난입한 소아란의 어설픈 춤은 스푸트니크와는 다른 의미에서 이목을 끌어서 웃겨 참을 수 없었다. 클루가 "오라버니, 힘내요!" 하고 말을 걸자 활짝 신이 나 웃었지만, 그렇다고 해서 갑자기 춤을 잘 추게 될 리가 없었다.

그런 와중에 '마법사로부터 서프라이즈 게스트'로서 클루의 부모님이라는 사람도 나타났다. 아빠도 엄마도 역시 생각이 나지 않았지만, 그 모습을 본 순간 어째서인지 가슴이 아려서 아무 말도 할 수 없어졌고 두 사람에게 포옥 끌어안기자 그저 행복해서 눈물이 흘러넘쳤다.

눈이 새빨개질 때까지 울고 뺨이 얼얼해질 만큼 웃은 하릇밤이었다.

점내를 둘러보았다. 여기저기에 지인들이 굴러다니고 있었다. 담요를 빌려 잠이 든 사람, 곤드레만드레 취했는지 술병을 끌어안은 사람 등 다양했다. 클루는 담요를 덮고 있었지만, 스푸트니크는 그냥 바닥에 굴러다니고 있었다.

주방 쪽에서 물소리와 식기가 달그락거리는 소리가 들렸다. 분명 카페 피네의 점원들이 정리하고 있을 터였다.

"쿠는……."

콜록, 하고 헛기침을 했다. 보석 하나가 흘러나왔다.

뷔알톤 시에서 긴 거리를 돌아와 다시 리아피아트 시에서 일상을 맞이했다. 한번 떠났다가 돌아와서 이곳은 참으로 근사한 도시라고 새삼스럽게 생각했다.

클루가 태어나고서부터 이 도시에 정착할 때까지의 여정에는 수없이 괴로운 일들이 있었다. 두려운 일들이 있었다. 잊어버려서 지금도 떠올리지 못하는 것도 많다.

하지만 스푸트니크와 함께 이 도시에 올 수 있어서, 이 도시 사람들과 만나서 이 도시에서 일하고 이 도시에서 살 수 있어서 정말 다행이다 싶었다.

하지만.

"……그런데도."

그건 클루의 말이 아니었다.

바닥에 굴러다니던 스푸트니크가 어느새 일어나 있었다. 일어나서 클루를 보고 있었다.

멍하니 가게를 둘러보는 클루의 모습을 보고 지금 클루가 무슨 생각을 하는지 헤아렸을 것이다. 웃지 않는 잿빛 눈동자가 클루를 비추고 있었다.

"그런데도 가고 싶어?"

마을에 떠오르는 아침 해.

즐거웠던 파티.

다정한 사람들.

결심이 흔들릴 것 같았다.

—그런데도.

"네."

고개를 끄덕였다.

스스로 결정한 일이니까.

"쿠는 학교에 다니고 싶어요."

막간
Housekihaki no Onnanoko

진학하고 싶다.

스푸트니크에게 그리 고백했을 때 클루는 심하게 골몰한 표정을 짓고 있었지만, 한편 스푸트니크는 늦든 빠르든 그녀가 그리 말을 꺼낼 것이라고 마음 어딘가에서 쭉 확신하고 있었다.

그래서 그리 말을 꺼냈을 때도 스푸트니크는 놀라지 않았고, 오히려 드디어 말했구나 하고 짊어지고 있던 무거운 짐을 내려놓은 듯한 감각마저 들었다.

"그런데 학비는 토순이를 담보로 잡아도 돼요."

"또 그 소리야?"

저당 잡아봤자 뻔한데 말이다.

그리고 클루는 리아피아트 시가 싫어진 게 아니라고 집요할 정도로 이야기했다. 가능하다면 쭉 이 도시에 있고 싶지만—하고.

그 심정은 이해한다. 이 도시는 나쁜 곳이 아니다. 그저 그녀는 이곳에서 살고 있어서는 얻을 수 없는 것을, 더 많은 것을 알고 싶다고 느낀 것이겠지.

예전에 집에서 뛰쳐나온 스푸트니크도 에르큐르 보석학교에 입학하고, 졸업 후에는 보석상으로 여기저기를 여행하면서 여러 가지를 알게 되고, 만났으며, 그 결과 리아피아트 시에 뿌리를 내려 장사를 하기로 결정했다. 그것과 마찬가지다. 그뿐인 일이다.

그저 한 가지 다른 점이 있다고 한다면.

"괜찮아. 네가 하고 싶은 대로 해."
클루에게는 등을 떠밀어줄 사람이 있다는 것 정도랄까.
그래서 그리 답하자 그녀는 안심한 듯이 "네"라고 답했다.
클루는 진학할 곳으로 에르큐르 보석학교를 선택했다.
스푸트니크는 그녀에게 거기 말고도 다른 학교도 있다는 사실을 알려주기 위해 팸플릿 몇 권을 모아 보여주었지만 "에르큐르 보석학교에 다니고 싶어요"라며 물러서지 않았다.
"체험학교에서 수업 내용이라든가 시설이라든가 그리고 선생님들의 인품을 알 수 있어서 그 학교에서 많이 배우고 싶어요."
"그렇구나."
면접시험에서 지망 동기에 대해 질문받으면 만점인 해답일 것이다.
"그런데 이쪽 학교 교복이 더 네 취향에 가깝지 않아?"
"아, 확실히 그러네요……."
수업 내용과는 다른 점에서 쉽게 흔들렸지만, 결론은 달라지지 않았다.
어찌 되었거나 그게 자신의 의사라면 진로 선택에 대해 스푸트니크가 할 말은 딱히 없었다.
에르큐르 보석학교에는 보석상으로서의 지식이나 보석 가공 기술 등 전문 분야로만 좁혀서 습득하는 전문 코스와 어학이나 수학과 같은 기초학력을 포함한 폭넓은 지식을 배우는 일반 코스가 있다. 클루는 후자 입학을 목표로 삼기로

했다.

입학시험에 통과하려면 면접시험과 필기시험에 합격해야 한다. 하지만 일반 코스 수험생은 모두 클루와 연령이 별반 다르지 않은 어린아이뿐이라서, 뒤집어 생각하면 시험도 그 정도 수준인 모양이었다.

기타 등등. 이에 관한 정보는 클루가 진학을 희망한다며 여러 관계자분에게 상담했을 때 클루롤에게서 들은 것이다.

클루가 진학을 하고 싶다고 말을 꺼냈을 때 스푸트니크는 우선 클루롤과 유키에게 보고했고, 며칠 후 유키의 마법으로 관계자 일동이 모여 회의가 열렸다. "어째서 매번 내 저택을 집합 장소로 쓰는 거야!"라며 클루롤은 불만스러워했지만, 그곳 말고 다른 적당한 장소가 떠오르지 않았기에 어쩔 수 없었다.

마법사 안젤리카와 다니엘은 "그 애도 다 컸구나……" 하고 감개무량한 듯이 읊조리고 "그 애가 하고 싶어 하는 대로 하게 해주세요"라며 고개를 깊이 숙였다. 유키는 "긴급 시 정보 전달은 맡겨둬!"라고 자랑스럽게 말했고, 클루롤도 "뷔알톤 시에 체류할 때는 힘이 되어주겠네"라고 기뻐하며 도움을 주겠다고 자청했다. 소아란은 흐느껴 울기만 해서 내버려 뒀다.

클루롤은 또한 "에르큐르 보석학교 수험제도는 이상한 사람이 입학하지 않도록 하기 위한 이른바 체크 같은 거야"라는 말도 했다.

"이상한 사람요?"

"물론 시험 결과는 입학 후 반을 나누는 데 참고하려고 사용하겠지만…… 이 학교에 보석상 관계자가 많이 있는 건 너도 알지?"

"뭐, 그렇죠."

"게다가 은근슬쩍 접근해서 나쁜 짓을 하려는 꿍꿍이를 가진 녀석이나 그런 사람에게 부추김당해서 또는 지시받아서 입학을 목표로 삼는 녀석도 있어. 그런 사람이 입학하는 걸 막으려고 입학시험이라는 이름을 가진 필터를 만들었지."

"그럼 지극히 일반적인 보석점 종업원인 쿠는 문제없겠네요?"

"넌 제발 입학원서 보호자 칸에 본명을 쓰지 마."

학창 시절의 자신은 그렇게까지 품행이 불량했을까. 그랬을지도 모른다.

그리하여 시험 자체는 모두 다 한 차례 문제집을 읽기만 하면 틀릴 리가 없는 문제나 질문뿐이었지만, 성실한 클루는 수험공부에 여념 없었다. 모르는 부분이 나오면 스푸트니크에게 질문하러 왔는데, 그때마다 "펜을 굴려서 대충 쓰면 맞아"라고 대답해서 그녀가 씩씩대며 화를 냈다.

다만 큰 소리를 내는 것 자체가 스트레스 발산이 되었다는 점과 "스푸트니크도 모르는 문제라면 안 나와요"라고 혼자 납득한 점 때문에 안심하는 모양이었다.

또한 동네에는 기분 전환할 겸 데리고 나가줄 친구도 있다.

너무 고민하면 기행으로 내달리는 습관이 있는 아이니까 그런 의미에서는 안심하고 그녀의 수험생활을 지켜볼 수 있었다.

에르큐르 보석학교 신입생 선발은 봄 입학과 가을 입학, 1년에 두 번 있다. 클루는 체험학교에서 정확히 1년 후인 봄 입학을 목표로 삼았다. 봄 입학원서는 전년도의 가을 무렵에 제출해서 접수하고 시험은 겨울에 친다.

클루는 마찬가지로 에르큐르 보석학교에 봄 입학을 목표로 삼은 뷔알톤 시의 친구 리에와 종종 편지를 주고받았다. 정보를 교환하고 서로 격려하고 가끔 계절 상품을 주고받았다.

스푸트니크를 비롯한 관계자는 합격 후의 입학 수속에 대해 몇 번인가 이야기를 주고받았다. 대화에 가장 시간이 걸린 부분은 학비나 교복비 등 금전적인 것이었다.

전원 다 자금에는 여유가 있어서 모두가 자신이 내겠다고 하며 물러서지 않았지만, 주된 학비를 보호자인 스푸트니크가, 교복비를 안젤리카 부부가, 뷔알톤 시내에서의 긴급 연락처는 클루롤이, 그리고 예측 불가능한 사태에 대한 연락 수단을 유키가 담당하기로 합의를 보았다. 소아란은 흐느껴 울기만 해서 내버려 뒀다.

*

그리하여 시간이 흘러.

스푸트니크 보석점 영업도 무탈했고 마법사 세계의 사정도 평온하게 돌아갔다.

이윽고 리아피아트 시에도 눈이 내리고, 쌓이고, 그리고 그 눈이 녹을 무렵—.

스푸트니크 보석점에 합격통지서가 도착했다.

여행길에 오르다
Housekihaki no Onnanoko

클루가 뷔알톤 시에서 열리는 체험학교에 참석하느라 여행길에 올랐을 때보다 조금 전.

어느 날, 스푸트니크 보석점의 이야기이다.

"우편이에요."

시간은 점심이 되기 조금 전. 그날, 스푸트니크 보석점을 방문한 사람은 낯익은 집배원이었다.

"아, 왔다, 왔어."

카운터에 앉아 있던 스푸트니크는 서둘러 일어났다. 사인하고 받아든 것은 작은 상자였다. 스푸트니크가 먼젓번에 발주한 물건이었다. 애타게 기다렸던 만큼 무심결에 표정이 느슨해졌지만, 그걸 놓치지 않은 인물이 있었다.

종업원 클루였다. 먼지떨이를 휘두르던 손을 멈추고, 정말이지 수상한 것을 봤다는 모습으로 뚜벅뚜벅 다가왔다.

"뭐예요? 그거 뭐예요? 뭐가 도착했어요?"

"너랑 관계없는 물건."

"어디 사는 여자한테서 온 조공인가요?"

"너, 그런 단어는 어디서 배워 오는 거야?"

묘한 오해를 받는 것도 열이 받아서 내용물을 보여주기로 했다. 카운터에 상자를 놓고 커터칼을 꺼내 포장을 풀었다.

나온 상자의 뚜껑을 열자 그곳에 나란히 있는 것은,

"반질반질하고 번쩍번쩍하고 새하얗고 동글동글해요."

"진주야."

발주한 대로 품질이 좋은 큼직한 진주가 단아하게 놓여 있었다.

이번 고객에게 발주받은 장식품이 진주를 이용한 것이었다. 가공실의 재고를 찾았지만, 디자인에 어울리는 게 없어서 주문했는데, 도착한 것은 모두 다 흠집도 없고 크기도 가지런해서 가공하기 쉬운 일품이었다. 스푸트니크의 뺨에도 빙긋이 미소가 떠올랐다.

그러고 보니. 스푸트니크는 클루의 얼굴을 문득 쳐다보았다.

"천하의 너도 진주는 안 토하나보네."

클루는 떠올리듯이 천장을 쳐다보았다. 잠시 생각하고 고개가 옆으로 푹 꺾였다.

"그러네요. 토한 적이 없을지도 몰라요."

클루의 입에서 토해진 보석이 어떤 과정으로 만들어지는지는 모르지만, 진주를 토하지 않는다는 건 그녀가 조개가 아니라는 증거일지도 모른다.

그런 농담을 하자 클루는 고개를 갸웃거렸다.

"무슨 말이에요?"

"세상에는 너처럼 쌍각류 연체동물인 조개류가 있어."

간단히 대답했지만, 여전히 의아해해서 좀 더 자세히 설명해주기로 했다.

"잘 들어. 진주라는 건 일반적인 보석이랑 달라서 어딘가에서 채집해오는 게 아니야……. 간단히 말하자면 일종의 조개의 체내에서 만들어져. 조개를 쩍 열면 안에 이게 들어 있지."

"헐."

양손을 조개껍질에 비유해서 여는 제스처를 덧붙여 설명하자 클루는 눈이 휘둥그레졌다.

"그런데 넌 진주를 토한 적은 없잖아."

"즉, 쿠는 조개가 아니라는 게 증명된 거네요."

"그러네."

"다행이에요."

"그래?"

농담을 해설하는 것만으로도 나름대로 벅차니까 진지하게 받아들이지 않길 바랐다.

하지만 클루에게는 중요한 일인 모양이었다. 뺨을 양손으로 감싸고 쿠는 인간이에요, 라고 참으로 진지하게 주장하고 있었다.

그러고서 다시마 흉내라도 내고 있는 모양인지 꿈틀꿈틀 구불구불 온몸을 흔들면서

"쿠는 조개가 아니라 인간 남자와 결혼하고 싶으니까요."

"그래?"

"앗, 그런데 쿠는 만약 스푸트니크가 조개가 되어도 계속 계속 스푸트니크의 곁에 있을 테니 안심해요."

"조개로 전직할 계획은 지금으로서는 없어."

앞으로 영원히 없을 거라 생각하지만.

상자를 들어 보석 가공실로 옮겼다. 진주에게 친근감이라도 느꼈는지 클루가 뒤를 따라왔다. 지금은 손님도 오지 않을 테니 잠시 자리를 비워도 상관없겠지.

상자를 책상에 놓았다. 꽤 마음에 들었는지 클루는 상자를 다시 들여다보았다.

“이걸로 어떤 액세서리를 만들어요?”

“우선 의뢰가 왔으니 반지랑 진주 한 알로 된 목걸이랑 귀걸이. 남은 진주는 재고로 삼을지 가공해서 팔지 나중에 생각할 거야.”

선반에 넣어둔 디자인 다발을 꺼내 상자와 같이 놓았다. 좋은 진주를 사용해 만들어보고 싶었던 디자인은 의뢰품 말고도 있었다.

그렇다면 진주는 어떻게 보관하는 게 적절할까. 선반에서 책을 꺼내 분명 이 부근에 적혀 있었던 것 같다며 짐작 가는 페이지를 넘기고 있는데,

“저기, 저기요. 스푸트니크.”

이름을 불렀다.

돌아보았다. 상자에서 고개를 든 클루가 이쪽을 보고 있었다.

“응?”

“진주를 만드는 조개 인간은 바다에 있어요?”

“조개 인간.”

그 표현을 듣고 그만 조개에 성인 남성 몸통이 붙어 있는

생물을 상상하고 말았다. 머리 부분이 조개이고 목에서 아래가 근골격계 몸통을 한 그것은 어깨너비로 다리를 벌리고 허리에 손을 대고 가슴을 편 채 스푸트니크의 머릿속에서 자신의 존재를 이것 보라는 양 주장했다. 돌려서 말해도 징그럽다.

클루는 진주를 만드는 조개를 어떻게 이해한 걸까. 스푸트니크가 전직이라고 농담한 것도 잘못이었을지도 모른다. 분명 틀렸다고 생각하면서도 귀찮아서 정정하지 않았다.

그녀가 지금 가진 의문은 진주를 만드는 조개가 바다에 있는지 아닌지. 그뿐이다.

"……민물에 사는 것도 있었던 것 같은데. 얼마 전에 바다에 양식장을 만들어 양산하는 실험이 진행되고 있다고 들었으니 바다에도 많이 있지 않을까?"

"조개 인간이 바다에 한가득."

"그 표현법은 관둬줄래?"

건강이 나빠진 날 꿀 만한 악몽 같았다.

"그렇구나. 바다에 사는 조개는 보석을 만드는군요."

클루가 진지하게 말했다.

바다에 있는 모든 조개가 진주를 만들어내는 게 아니니 일괄적으로 그렇다고는 할 수 없지만 말이다. 클루가 신경 쓴 것은 그런 점이 아닌 모양이다.

이어진 것은 스푸트니크가 대답하기 곤란한 의문이었다.

"그러면 쿠 아빠랑 엄마도 바다에 있나요?"

"……글쎄."

스푸트니크는 그때 클루가 어떤 답을 찾고 있었는지 상상할 수 없었다. 그래서 책을 읽는 척하면서 그렇게 대충 넘어가는 수밖에 없었다.

"그렇다면 어떻게 할래?"

"흐음."

질문에 질문으로 받은 클루는 팔짱을 끼고 눈을 감고 신음했다.

"겨울 바다는 차가우니까 여름에만 귀성하고 싶어요."

예상 밖의 현실적인 대답이 돌아왔다.

결국 부모님에 관한 건, 깊은 의미를 담은 질문이 아니었나 보다. 훔쳐보니 클루는 진주를 바라보면서 느긋하게 웃고 있었다.

"언젠가 아빠랑 엄마를 찾았는데 아빠랑 엄마가 조개 인간이라면 그때는 귀성할 때마다 선물로 진주를 잔뜩 받아서 돌아올게요."

그 경우에는 산호도 부탁하고 싶다고 생각하면서 바다에는 그 밖에도 즐길 수 있는 게 있다는 사실을 떠올렸다.

바다에는 보석상으로서의 즐거움만 있는 게 아니다. 그렇다.

"해산물도 부탁할게. 게가 좋아."

"그러네요! 생선이나 새우나 그리고……."

해산물을 손가락을 접어가면서 세어가는 클루. 하지만 그

도중에 클루는 어떤 사실을 알아차린 모양이었다. 흠칫 하고 펄쩍 뛸 듯이 스푸트니크를 보았다. 그 눈은 불안하게 흔들리고 있었다.

클루의 걱정거리. 왠지 예상이 갔는데, 아니나 다를까.

"조개를 먹게 해줄까요?"

"글쎄."

조개 인간의 식문화에 과연 동족상잔이 존재할까 아닐까.

"저기, 그게, 나, 조개가 잔뜩 들어간 토마토 파스타 좋아하는데."

"그러게."

"감바스 알 아히요도 좋아하는데."

"맛있지."

"망에 구워서 벌어졌을 때 소금이랑 레몬을 뿌려서 먹는 것도 좋아하는데."

"그게 또 술이랑 참 어울리지."

"버터구이도 좋아하는데!"

"곤란하게 됐네."

이후 조개(가정) 부모님에게 조개 요리를 어떻게 인정받을지 쓸데없는 걱정을 하는 클루.

이윽고 "조개 인간도 한 번 조개를 먹어보면 조개의 맛을 이해해줄 거예요"라고 광기 어린 말을 읊조리기 시작한 클루를 보면서 스푸트니크는 이 녀석의 인생에는 걱정이 끊이지 않아서 참으로 즐겁겠다며 책에 얼굴을 가리고 웃었다.

그래서.

당시에는 전혀 알아차리지 못하고 흘려버리고 말았던 일이었지만—.

머리맡에서 시계가 소란스럽게 아침을 알려 스푸트니크는 눈을 떴다.

꿈을 꿨다. 보석점에서 보내는 시시한 일상에 대한 꿈이었다.

어째서 오늘따라 그런 꿈을 꿨을까.

"왤까……?"

침대 안에서 얼버무리듯이 혼잣말을 하면서도 답은 대략 알고 있었다.

클루의 부모님을 언젠가 찾을 날을 말한 만약의 이야기. 귀성했을 때는 선물을 많이 가지고 돌아오겠다고 상상하고서 웃고 상상의 설정으로 고민한 평소의 두 사람의 일상이었다.

꿈에서 깬 스푸트니크가 생각한 것은 진주를 사용한 장식품 디자인에 대한 것이 아니었다. 조개 인간이라는 생물이 이 세상에 존재할지 아닐지도 아니었다.

클루가 꿈속에서 너무나도 당연한 듯이 한 말.

가족을 만난 클루가 귀성해서 선물을 받은 이야기를 했을 때 수많은 진주를.

"……가지고 '돌아올게요'라고 했지."

친부모가 있는 곳이 아니라 이 보석점이야말로 자신이 돌아올 곳이라고.

하품을 한 번 했다. 잠에 덜 깬 시선을 선명하게 하기 위해 스푸트니크는 눈을 비볐다.

오늘은 종업원 클루가 여행을 떠나는 날이다.

*

부탁하지도 않았는데, 이른 아침인데.

클루의 출발을 배웅하기 위해 동네 사람 모두가 모여주었다.

"오늘 모여주셔서 감사합니다."

스푸트니크에게 맞춰서 클루는 고개를 꾸벅 숙였다.

—오늘은 클루가 여행을 떠나는 날이다.

도시락과 물통과 멀미 방지용 사탕. 소중한 인형과 일기장과 용돈.

뷔알톤 시까지 가지고 갈 짐을 꾸리는 일은 전날 밤에 끝냈다. 그래서 아침에 다급해할 일이 없어서 그저 준비한 식사를 먹고 옷을 입고 머리를 빗고 담담하게 준비를 했다.

마을에는 아주 조금 안개가 껴 있었다. 하지만 마차가 달리지 못할 정도는 아니었다. 클루 일행은 가게 앞에서 클루를 위한 마차가 오기를 기다리고 있었다.

교과서나 교복 등 학교생활에 필요한 짐은 모두 에르큐르 보석학교 구내에 있는 학교 기숙사에 보내두었다. 그래서 가방 안에 들어 있는 것은 리아피아트 시에서 뷔알톤 시까지 가는 도중에 필요한 물건뿐이었다.

뷔알톤 시에 도착하면 클루롤 저택에 일단 들러서 클루롤에게 인사를 하고, 그 다음에 학교 기숙사로 간다. 학교에서는 마찬가지로 입학생이 된 리에와 만나기로 약속을 했다. 체험학교에 가는 여행과 달리 한 번 간 적 있는 도시이고 아는 사람이 아무도 없는 곳에 가는 것도 아니라서 이번 방문에는 불안하지 않았다.

불안한 점은 없을 터였다.

하지만.

"손수건, 챙겼어?"

"네."

"인형은 안 까먹었지?"

"……네."

"만약 뭐라도 잊어버린 물건이 있으면 유키한테 부탁해서 돌아와."

"……."

"아……."

"……."

"손수건 챙겼어?"

같은 질문을 받는 게 몇 번째일까?
모인 모두는 처음에는 제각각 격려해주었지만, 지금은 조용히 클루의 여행 출발을 기다리고 있었다.
"저기 말이야."
무언가 생각났는지 스푸트니크가 갑자기 입을 열었다.
"네가 돌아오는 거 꼭 기다릴 테니까."
기다릴 테니까.
그 한마디는 눈물이 나올 정도로 기뻤다.
"네."
—아침 안개 속에서 바퀴 소리와 발굽 소리가 들려왔다. 얼마 지나지 않아 마차 한 대가 모습을 보이더니 클루 일행 앞에서 멈춰다.
마차 문이 열리고 안에서 얼굴을 보인 사람은.
"어이, 꼬맹이! 처남!"
"꼬맹이 아니거든요?!"
"누가 처남이야?"
이번에도 아니나 다를까 뷔알톤 시까지의 동행인은 랏슈였다. 클루로서는 내심 선별된 사람이 마음에 들지 않았지만 어쩔 수 없었다.
"넌 안 쉬어도 돼? 마차에 타고만 있어도 지치잖아."
"흠. 난 괜찮아."
팔짱을 끼고 의자에 털썩 앉는 모습을 보아 허세를 부리는 건 아닌 모양이었다.

—출발 준비는 다 되었다.

다만.

한 가지만 더.

“저기 있잖아요. 스푸트니크.”

학교에 가기 전에, 리아피아트 시를 출발하기 전에.

클루는 스푸트니크에게 하고 싶은 말이 있었다.

“응?”

스푸트니크의 예쁜 눈동자가 평소대로 클루를 비추었고—.

말하지 않는 편이 낫다고 생각했다. 그 편이 마음이 무거워지지 않는다.

하지만 그래서는 안 되겠다 싶었다.

“쿠는…….”

말하지 않는 편이 낫다고 생각하는 건 클루 자신이 말하고 싶지 않을 뿐이기 때문이다.

제대로 말하는 거다.

말하지 않으면 안 된다.

그래서.

“쿠는 스푸트니크를 아주 좋아해요.”

클루는 용기를 내서 단숨에 말했다.

내내 하고 싶었던 말을.

“……고마워.”

하지만, 왠지.

전해지지 않은 느낌이 들었다.

"나도…… 뭐랄까. 네가 종업원이어서 도움받은 일도 많았으니까."

아, 이거 전해지지 않았구나 하고 확신했다.

"그러니까……."

기껏 용기를 내도 용기의 의미가 전해지지 않으면 무의미하다. 조금 생각하다가 말하는 법을 바꾸기로 했다.

"스푸트니크 기억해요?"

"뭘?"

"날 고용할 때 나한테 해줬던 말요."

클루는 기억하고 있다.

클루. 네 '체질'을 사용해서 내 소원을 들어줘. 그게 이루어지면 내 목숨과 바꿔서라도 네 그 병을 고쳐줄게.

그 말을 들었을 때는 생각하지 않았던 것. 보석을 토하는 이 '체질'이 낫는다면. '체질'이 사라진다면. —그 후에는.

스푸트니크는 주저하는 듯한 침묵 후 "아아" 하고 읊조렸다.

"기억하지."

클루가 기억하던 걸 스푸트니크도 기억하고 있다. 같은 추억을 가지고 있다는 사실에 간지러운 듯한 묘한 기분이 들면서 클루는 조금씩 스스로 생각하면서 이야기를 이어나갔다.

"저, 좀만 있으면 '체질'이 사라져요."

그건 마법사 팡송이—유키가 뷔알톤 시의 스푸트니크의 병실에서 두 사람에게 알려줬던 사실이었다. 클루의 보석을 토하는 '체질'은 어릴 적에만 있는 것으로 어른이 되기 전에 사라지고 만다. 마법 연구원이자 광석증에도 훤한 그녀의 말은 분명 틀림없을 것이다.

클루가 고용되었을 때 스푸트니크가 바라던 것은 멜론빵이 맛있는 가게가 있는 도시에서 자신의 보석점을 차리는 것이었다. 리아피아트 시에서 보석점을 연 그의 꿈은 이루어졌다.

그리고.

유키가 알려준 사실이 확실하다면.

앞으로 몇 년이면 쿠의 바람도 이루어지게 된다.

"그러면 쿠가 스푸트니크랑 같이 있을 의미는 없어질 거라고 생각했어요."

"그건."

클루의 말을 뒤덮듯이 스푸트니크가 무언가 말하려고 했지만, 그 말은 하지 않은 채 입을 닫았다. 고개를 내젓고 새삼 한 대답은,

"……네가 그리 생각한다면 그럴지도 모르지."

어째서인지 쥐어 짜내는 듯한 대답이었다. 어째서일까. 클루의 마음을 배려해준 걸까? 그런 행동을 하는 사람이었

던가.

하지만 하지만 어찌되었거나—.

그건 클루의 내면에서 당연한 것으로 클루는 고개를 꾸벅 끄덕였다.

두 사람이 서로 바라는 소원은 이루어진다. 그리고 남은 것은 우수한 보석상 한 사람과 실수만 하고 영리하지도 않고 보석도 토하지 못하는 데다 한 사람 몫도 못하는 여자아이다.

장점도 없는 미숙할 뿐인 여자아이.

그런 사람이 우수한 그의 곁에 있어서는 안 된다.

"그래도."

자신은 걸맞지 않다. 알고 있다.

하지만 그런데도.

"쿠는 스푸트니크 씨랑 같이 있고 싶어요."

그 바람은 버릴 수 없었다.

—설령 언젠가 다른 누군가와 서로 웃는, 좋아하는 사람을 앞에 두는 날이 온다고 해도.

괜찮다고.

클루는 말할 수 있는 기분이 들지 않았다.

그러니.

"스푸트니크."

클루는 그의 눈을 똑바로 쳐다보았다. 이제 한동안은 볼 수 없을 그 눈동자를.

그리고 말했다.

"쿠는 스푸트니크가 좋아요."

"……음."

"세상에서 제일 좋아요."

"고마워."

"신부가 되고 싶다는 뜻의 좋다는 거예요."

"아……."

침묵.

그 후.

"……뭐어?!"

스푸트니크의 눈이 휘둥그레졌다. 클루가 정말로 전하고 싶은 종류의 '좋아한다는 말'이 그에게 제대로 전해진 모양이다.

그리고 전해졌다면 이제 되돌릴 수 없다! 클루는 단숨에 다다다 말했다.

"쿠는 스푸트니크가 좋아요! 여자랑 자주 놀고, 술도 많이 마시고, 담배도 피우지만, 거짓말을 하고, 쿠를 어린애 취급을 하지만, 그런데도 멋있고, 다정하고, 일에 열심이고, 쿠를 많이 봐주는 스푸트니크가 너무 좋아요!"

"아, 아니, 쿠, 쿠, 잠시, 기, 응?"

스푸트니크가 들이대는 클루의 기세에 압도당해 뒷걸음질을 쳤지만, 클루는 놓치지 않겠다고 생각했다! 스푸트니크의 셔츠를 나비넥타이째로 양손으로 잡고 클루는 단숨에 생각 전부를 전했다.

"그러니, 그러니까! 쿠는 '체질'이 없어져도 스푸트니크의 곁에 있을 수 있도록 학교에서 많이 공부해서 노력해서 엄청 엄청 대단해져서 리아피아트 시로 돌아올 거니, 학교가 끝나 졸업해서 돌아온 그때는—."

그때는.

클루는 숨을 들이쉬었다.

중요한 것은 큰 소리로 또박또박!

"쿠를 스푸트니크의 신부로 삼아줘요!"

완전히 말문을 잃고 금붕어처럼 뻐끔뻐끔 입을 열었다 닫았다 하는 스푸트니크. 그 또한 이런 얼굴을 할 때가 있구나 생각하면서 클루는 그의 셔츠를 놓아주었다.

자신이 외친 말의 내용을 자각하고 클루의 얼굴이 갈수록 뜨거워져 갔다. 더 이상 스푸트니크와 마주하고 있는 것조차 부끄러워져서 클루는 서둘러 마차 안으로 뛰어들었다.

안에서 기다리던 랏슈가 놀라움과 기쁨으로 범벅된 얼굴로 클루를 꼬옥 끌어안고 머리를 헝클이고 쓰다듬어주었다.

"꼬맹이, 말 잘하네!"

"꼬맹이 아니에요!"

열린 창문으로 밖을 보았다.

너무나도 큰일에 깜짝 놀랐는지 땅에 주저앉은 스푸트니크가 멍하니 이쪽을 올려다보고 있었다. 그 눈은 휘둥그레져 있었고, 턱은 빠진 것처럼 떨어져 입을 뻐끔 벌리고 있었다. 스푸트니크와는 쭉 함께 있었지만 이렇게 그를 놀라게 한 건 어쩌면 처음일지도 모른다.

그런 클루와 스푸트니크의 모습을 보고 나츠가 웃고 있었다. 엘사도, 다른 모두도 "잘 말했어!"라며 웃고 있었다.

모두가 웃고 있다. 그래서 클루도 기뻐져서 웃었다.

웃으면서 머리 위까지 높이 높이 손을 들어—.

"다녀오겠습니다!"

그리고 클루는 리아피아트 시에서 여행을 떠났다.

자신이 바라던 미래를 위해서.

리아피아트 시(市)는 대륙 동부에 위치한 루카 가도의 역마을로 번영했던 중소 도시였다.

일 년 내내 온난한 기후 덕분에 각종 과실과 화훼의 산지로 알려진 그 도시는 마녀협회 지부는 없지만, 경찰국의 치안 유지 활동이 상당히 우수하여 미해결 사건은 제로나 마찬가지였기에 무척이나 살기 좋은 땅이었다.

그런 도시 한쪽 구석에 점원 두 사람이 일하는 아담한 보석점이 있었다. ——'스푸트니크 보석점'.

—끝—

에필로그

여름 무렵, 클루가 잠시 귀가한다.

그 소식이 도착한 것은 종업원 클루의 에르큐르 보석학교 입학식 이튿날이었다. 여러 가지 사정을 똘마니 랏슈에게 듣고서 알고 있던 유키가 히죽히죽 불량한 미소로 '친절하게도' '서둘러' 가르쳐주러 와준 것이었다.

에르큐르 보석학교에는 여름휴가라는 게 있다.

한여름의 한 시기를 장기 휴업하는 제도로, 우리 쪽에 무언가 원한이 있어서 그런 제도를 만들었나 하고 스푸트니크는 학장을 붙잡고서 항의하고 싶은 기분이었지만, 알아보니 그건 에르큐르 보석학교 독자적인 제도가 아니라 대부분의 학교에도 있었다.

제도가 존재하는 이유로는 여름 더위에 대한 대책, 보호자에게 학교생활을 보고하기 위한 학생의 귀성, 시설 노후화를 확인하거나 재건 기간을 확보하기 위해서인 모양이었다. 모두 다 납득할 수 없는 이유는 아니었다. 납득한들 스푸트니크의 정신이 안정되는지 아닌지는 별개의 이야기지만, 여름이 다가오자 클루 본인에게서도 "한 번 집에 돌아갈게요"라고 보고 편지가 한 통 도착했다.

그리고 오늘 마침내 귀가 예정일을 맞이한 스푸트니크는 평소대로 가게 카운터 의자에 앉아 머리를 감싸 쥐고 있었다.

"아니 그래도 설마, 입학하고 반년도 안 돼서 장기 휴가가 있을 줄은 생각 안 하잖아, 보통은……."

"있다고 하니 어쩔 수 없잖아. 아니, 너 다녀봤으니까 알 거 아냐."

"수업이 있든 없든 마음대로 굴어서 기억 안 나."

상대가 한숨을 쉬었다.

이제 그만 포기하라며 달래는 사람은 일과인 순찰을 하러 온 나츠였다. 클루의 귀성은 아무리 시선을 돌린다 한들 달라지지 않을 사실이지만, 그 말투는 정말이지 남의 일인 듯해서 화가 치밀어올랐다.

"난 클루를 오랜만에 만나서 기쁜데"라고 들으란 듯이 말했지만, 이쪽이 딱히 기쁘지 않다는 소리는 하지 않았지 않은가. 그저,

"그렇다고 그 녀석도 이런 리아피아트 변두리까지 굳이 안 와도 되지 않냐는 말이지……."

"그야 돌아오고 싶겠지. 클루로서는."

그 말에 내포된 의미를 확실히 파악하고서 스푸트니크는 갈수록 우울한 기분이 들었다.

여행을 떠날 때 큰 소리로 사랑 고백을 해버린 너무나도 큰 폭탄을 남기고 간 종업원 클루.

그녀가 입학한 코스의 재학 기간은 4년. '졸업하고 돌아오면' 신부로 삼아달라고 말했으니 폭탄을 남겼다고 해도 적

어도, 적어도 4년 후, 졸업 후에 성장한 모습으로 재회하는 것이 올바른 이치일 텐데—.

"하필 졸업 전에 돌아오는 녀석이 있냔 말이야……!"

어떻게 대해야 할지 어색하기 짝이 없다.

여름휴가 정보를 들었을 때부터 이것저것 고민했지만, 답은 나오지 않았고 그길로 당일을 맞이하게 되었다.

이제 몇 시간만 지나면 클루가 돌아오겠지. 그 전에 얼굴을 마주할 각오를 다지면—아니?

"맞다!"

"갑자기 큰 소리를 지르고, 뭐야!"

"지금 엄청난 명안이 떠올랐어."

"말해봐."

"급하게 매입해야 할 일이 생겨서 때마침 오늘 뷔알톤 시로 출발했다고 하는 건 어때?!"

"생각할 수 있는 것 중에서 최악의 작전이라고 봐."

단호하게 거절당해서 목에서 나지막한 소리가 새어 나왔다.

도망칠 곳이 없다는 사실을 새삼 실감했다. 역시 각오를 다지는 수밖에 없을 듯하다.

"그래도 너도 실제론 클루가 돌아오는 게 기대되잖아."

"왜 그렇게 생각해?"

"그야 조금 전부터 몇 번이나 창밖을 힐끗힐끗 보고 있으니까."

"…………."

"내가 가게에 들어왔을 때도 놀라서 의자에서 일어났었고."

"……망할 할망구."

뼈저리게 생각했다. 열받게 하는 여자라고.

"뭐, 이제 슬슬 돌아오겠네. 마음은 이해하겠는데 제대로 맞이해줘."

"쓸데없는 참견이야. 그냥 가. 할망구."

말을 내뱉고 흥, 하고 다른 쪽을 쳐다보자 나츠는 정말로 나가버렸다.

점내에 홀로 남겨졌다.

손님은 오지 않았다. 하던 일도 없다. 파리만 날리고 있는 게 아니라 괜한 생각을 하고 싶지 않아서 일에 몰두했던 탓에 안건은 사흘 전에 모두 해치웠고 지금은 상대방의 답변을 기다리는 상태가 되었기 때문이다.

무료해지면 이것저것 생각하는 되는 게 인간인 법이다. 그렇다면 돌아온 클루는 이 가게에 들어와서 우선 무슨 생각을 할까.

상상했다. 입구를 열고 반년 만에 들어온 점내를 빙그르 둘러보고서—.

선반 위에 희미하게 쌓인 먼지가 보였다.

"…………."

딱히 클루 때문이 아니다. 클루 때문은 절대 아니지만.

의자에서 일어나 먼지떨이를 들고 선반을 향해 가볍게 흔들었다. 긴 털이 잿빛으로 물들었지만, 먼지를 터는 건 귀찮아서 그길로 카운터 아래에 넣어버렸다. 더러운 곳은 보이는 곳만 털면 된다.

다시 의자로 돌아갔다. 그리고 또다시 생각했다.

그러고 보니 클루는 스푸트니크 보석점 위치를 정확하게 외우고 있을까.

얼마 전까지 이곳에 살았다고는 하나 그 녀석은 어리숙하다. 그사이에 까맣게 이 도시를 잊어버려 이웃집마다 문을 닥치는 대로 두드리고 훌쩍훌쩍 울면서 "우리 집을 모르겠어요"라고 말하고 다녀도 이상하지 않다.

설마, 하지만 말도 안 되는 이야기는 아니었다. 아직 돌아오지 않았다는 사실을 바탕으로 바람직하지 않은 상상을 시작하니 멈출 수 없었다. 빙글빙글 추락해가는 생각에 견디지 못해 스푸트니크는 다시 의자에서 일어났다.

가게 바깥에서 귀성을 맞이하자고 생각한 것은 딱히 클루의 귀성이 애타게 기다려져서가 아니다. 그런 이유는 절대 아니다. 그저 미아가 된 종업원이 이웃분들에게 민폐를 끼쳐서는 안 되기 때문이다. 그래서.

스푸트니크는 의자를 치우고 카운터에서 나갔다.

점내를 가로질렀다. 입구 문에 손을 댔다. 문을 열었다—.

*

설마 학교에 '여름방학'이라는 게 있다니, 클루는 생각지도 못했다.

리아피아트 시를 목적지로 삼아 달려가는 마차 안에서 기쁨과 어색함이 마치 바퀴처럼 빙글빙글 돌았다. 그때마다 얼굴이 뜨거워졌다가 차가워져서 클루의 뺨은 아주 바쁘기만 했다.

"왜 그래? 꼬맹이. 멀미 나? 봉지 있어."

"멀미 안 나요!"

건너편에 앉은 동행인 랏슈에게 클루는 대들 듯이 외쳤다.

멀미 방지용 사탕은 잘 듣고 있었다. 배려심 없이 말하고 짐에서 부스럭부스럭 종이봉투를 꺼내는 랏슈를 힘껏 걷어차주고 싶었지만, 흔들리는 마차 안에서 일어서는 것은 위험하다.

고함을 질러도 태연한 랏슈에게 느낀 거대한 짜증. 클루는 그것을 한숨으로 바꾸어 뱉어내면서—.

창밖을 보았다.

경치는 누군가를 기다리지 않고 앞에서 뒤로 흘러갔다.

조금씩 리아피아트 시로 가까워져 가는 세계. 그것을 바라보면서 클루가 한 생각은 점주이자 보호자인 클루가 좋아하는 사람, 스푸트니크였다.

그는 지금 뭘 하고 있을까. 돌아간다는 편지도 보냈으니 분명 가게에서 클루의 귀성을 기다려줄 터이다. 설마 외출

했을 리는 없을 것이다. ……라고 믿고 싶다.

—신부로 삼아줬으면 좋겠어요.

그날 한 말을 떠올리자 클루의 얼굴이 불에 덴 것처럼 뜨거워졌다.

그는 클루의 말을 어떻게 생각하고 있을까.

뷔알톤 시에서 자택으로 편지를 몇 번이나 보냈다. 입학식이 있었습니다. 반은 리에와 같습니다. 수업은 즐겁습니다. 기숙사 밥은 남기지 않고 제대로 먹고 있습니다…….

클루가 보낸 횟수보다 적기는 했지만 스푸트니크한테서도 여러 번 답장이 왔다. 학교생활이 즐겁다면 정말 다행이라든가, 기온이 올라갔지만 배를 내놓고 자지 않도록 하라든가, 하나같이 담담하고 그다운 글이었다.

때때로 '선생님을 난처하게 만들지 않도록' '수업은 진지하게 받도록' 하고 '누가 할 소린가'라고 말하고 싶어질 만한 말도 적혀 있었지만, 그건 별개의 문제라고 치고—.

그 발언에 관한 것은 한 번도 적어주지 않았다.

……어쩌면.

꺼림칙한 상상이 클루의 마음속에 뭉게뭉게 피어올랐다. 어쩌면 스푸트니크는 클루의 고백을 이미 까맣게 잊어버린 게 아닐까. 들은 직후에는 놀랐지만 그건 분명 어린아이의 허황된 소리라고, 농담이라고 마음대로 결론을 내버린 건 아닐까.

가능한 이야기다. 그도 그럴 것이 상대는 스푸트니크다.

한가하기만 했다 하면 예쁜 여자를 유혹하는 사람이다.

그런 그가 어린아이의 고백 한 번에 흔들릴 만한 마음의 소유자로는 보이지 않는다. 클루의 고백은 스푸트니크에게는 수많은 여자들로부터 받은 애정 가운데 하나 정도뿐일지도 모른다. 아니, 어쩌면 거기에도 미치지 않는 것에 불과할지도.

콧속이 시큰해졌다. 안 된다고 생각하면서도 변화가 멈추지 않고 시야가 뿌옇게 부풀어 올라 멍하니 흔들렸고, 그리고—.

"토할 것 같아?!"

"아니에요!"

뚱딴지같은 말에 눈물은 쏙 들어가 버렸다. 어째서 이 사람은 늘 이 모양인가!

하지만 동시에 슬픈 기분도 날아가 버렸다.

딱 한 번 고백에 실패했다고 해서 뭐 어떤가. 그가 만약 클루의 고백을 잊었다고 하면 몇 번이고 외쳐서 떠올리게 하면 된다. 아이가 하는 엉뚱한 소리라며 웃는다면 아이라고 무시하지 못할 만큼 성장하면 된다. 애초에 그러기 위해서 하는 학교생활이니까 말이다!

가방에서 사탕이 채워진 병을 꺼내서 뒤집어 내용물을 꺼냈다.

그리고 기운을 내려고 사탕 두 개를 단번에 쏙 집어넣었다. 뺨이 볼록하니 부풀어 오르고 입을 움직일 때마다 달그락달

그락하고 스쳐서 소리를 냈지만, 그 또한 클루를 고무시키는 응원처럼 들렸다.

괜찮다. 클루는 매일, 매시간, 매초 성장하고 있다. 어릴 적에는 하나 다 먹기도 버거웠던 사탕을 지금은 두 개를 한꺼번에 먹을 수 있게 되었다. 그러니 언젠가 지금은 아직 어려울지도 모르지만, 언젠가는 스푸트니크도 뒤돌아보게 할 만한 근사한 어른이 될 테다. —그러기 위해서 클루는 지금 리아피아트 시를 떠나 노력하고 있으니까 말이다.

어느새 마차는 클루에게 낯익은 거리를 달리고 있었다, 어라, 하고 클루가 생각했을 때 마차는 속도를 늦추기 시작하고 있었다.

이윽고 멈춘 마차는 틀림없이 목적지인 가게 앞에 있었다.

"도착했다……!"

"어이, 야, 꼬맹이! 짐 가져가!"

미처 기다리지 못하고 클루는 마차 문을 열고 힘차게 뛰어내렸다.

그리고 그때 스푸트니크가 자신의 고백을 기억하고 있을지 어떨지는 이제 아무래도 상관없어졌다.

보고 싶어!

"스푸트니크!"

이름을 부르면서 마차에서 야무지게 착지했다.

땅을 박차고 달려서 입구에 뛰어들었더니 때마침 그때.

"……으악?!"

마치 가게 그 자체가 클루를 애타게 기다린 것처럼.
안에서 문이 열리고—.

*

"다녀왔습니다!"
"……잘 다녀왔어."

《보석을 토하는 소녀》는 오래오래 행복하게 살았답니다.

'보석을 사랑한 소녀' '보석에 사랑받은 소녀'

두 자매의 발자취

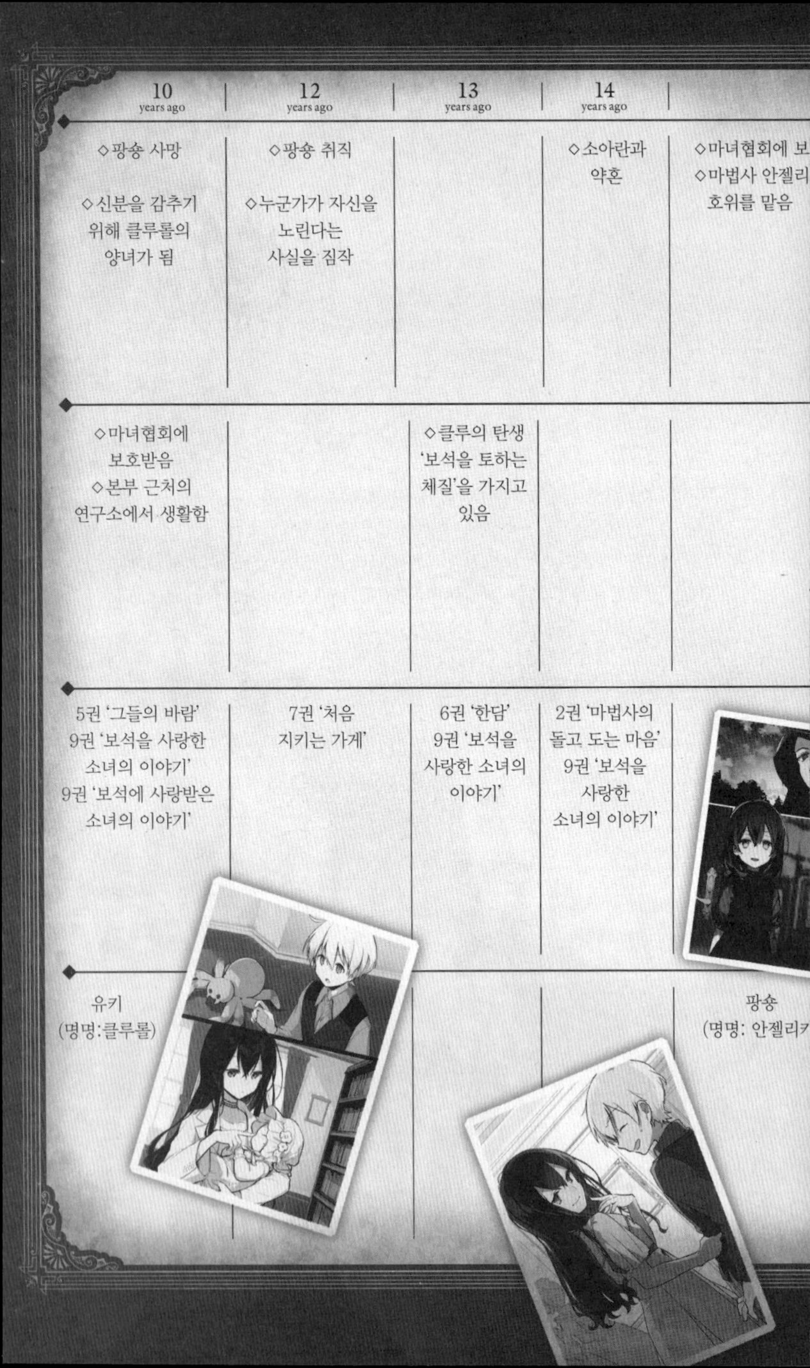

10 years ago	12 years ago	13 years ago	14 years ago	
◇팡숑 사망 ◇신분을 감추기 위해 클루롤의 양녀가 됨	◇팡숑 취직 ◇누군가가 자신을 노린다는 사실을 짐작		◇소아란과 약혼	◇마녀협회에 보 ◇마법사 안젤리 호위를 맡음
◇마녀협회에 보호받음 ◇본부 근처의 연구소에서 생활함		◇클루의 탄생 '보석을 토하는 체질'을 가지고 있음		
5권 '그들의 바람' 9권 '보석을 사랑한 소녀의 이야기' 9권 '보석에 사랑받은 소녀의 이야기'	7권 '처음 지키는 가게'	6권 '한담' 9권 '보석을 사랑한 소녀의 이야기'	2권 '마법사의 돌고 도는 마음' 9권 '보석을 사랑한 소녀의 이야기'	
유키 (명명:클루롤)				팡숑 (명명: 안젤리카

‘보석을 사랑한 소녀,’와 ‘보석에 사랑받은 소녀,’ 두 자매의 발자취

17
years ago

언니 유키의 발자취

친부모와 사별
스푸트니크에게
‘다시 만나자’

동생 클루의 발자취

해당 에피소드

‘보석을 사랑한
소녀의 이야기’
‘한편 그 무렵,
리아피아트 시’

유키의 호칭 변천사

아코(명명:
친부모
셀레스틴과
아돌프)

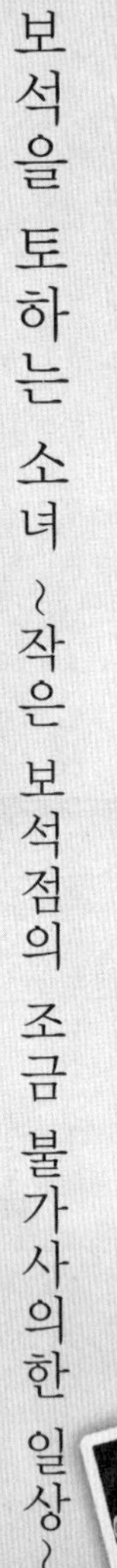

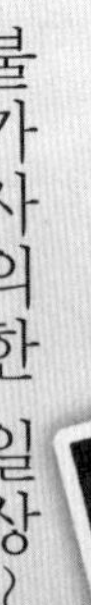

0 years ago	4 years ago
	◇스푸트니크와 더불어 리아피아트 시에 체류허가 신청서 제출
	2권 '첫 심부름' 5권 '잇다' 9권 '보석에 사랑받은 소녀의 이야기'

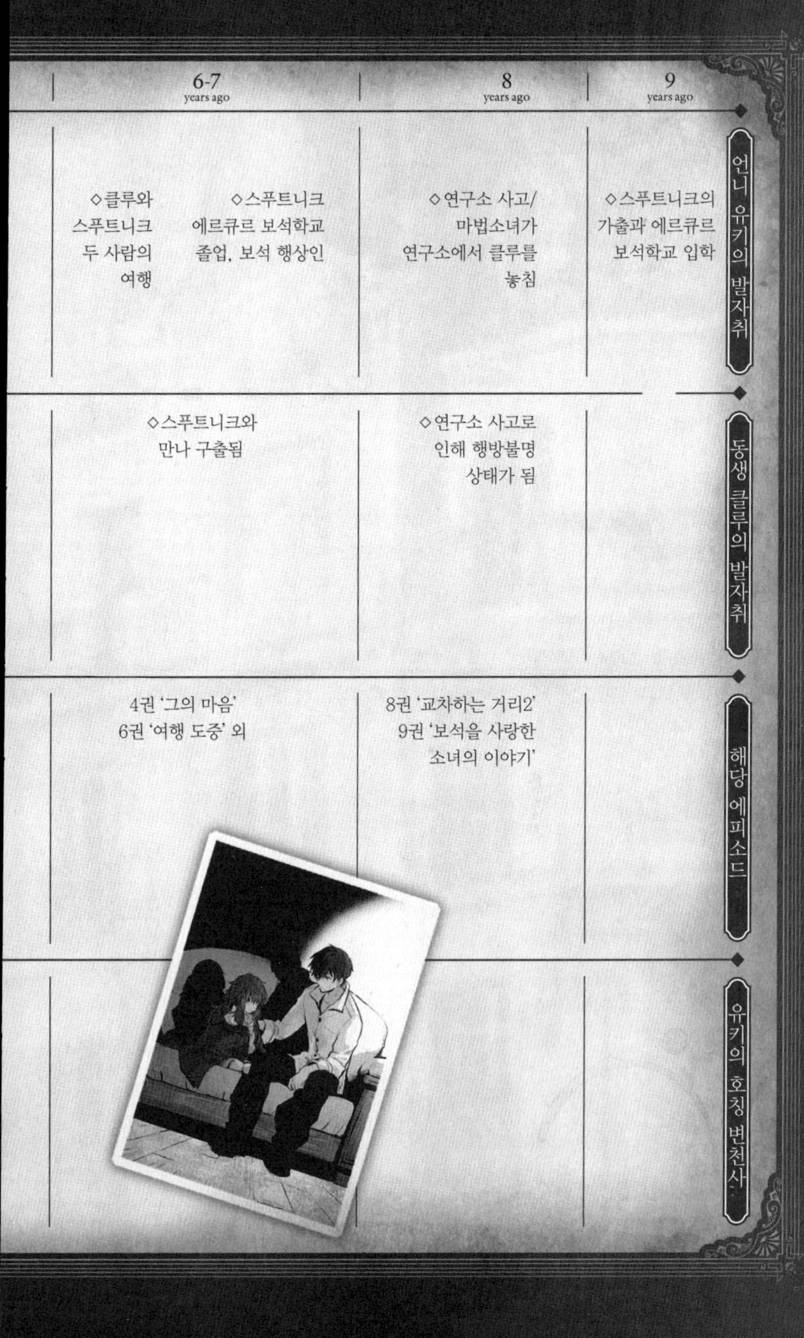

	6-7 years ago	8 years ago	9 years ago
언니 유키의 발자취	◇클루와 스푸트니크 두 사람의 여행 ◇스푸트니크 에르큐르 보석학교 졸업, 보석 행상인	◇연구소 사고/ 마법소녀가 연구소에서 클루를 놓침	◇스푸트니크의 가출과 에르큐르 보석학교 입학
동생 클루의 발자취	◇스푸트니크와 만나 구출됨	◇연구소 사고로 인해 행방불명 상태가 됨	
해당 에피소드	4권 '그의 마음' 6권 '여행 도중' 외	8권 '교차하는 거리2' 9권 '보석을 사랑한 소녀의 이야기'	
유키의 호칭 변천사			

리아피아트 시에서의 생활이 시작되고 몇 해가 지났을 무렵.
낯선 도시에서 편지 한 통이 도착했다.

*

글은 갑작스러운 연락을 사과하는 말부터 시작하고 있었다.
이어서 발신인의 사정 이야기가 조금 적혀 있었는데, 최근에 분주하게 지내고 있었지만, 드디어 신변이 정리되었다는 말. 그쪽이 솜씨가 대단한 보석상이라는 소문을 들어서 예전부터 의뢰하고 싶었다는 말. 오더메이드로 상품을 만들어줄 수 있을까 하는 말이었다.
—액자를 하나 부탁드릴 수 있을까요?

그 글을 읽고.
단골 거래처가 새로운 고객을 소개시켜주거나 친한 사람에게 추천해주는 일이 있었다. 그래서 이번에도 그런 종류의 주문으로 딱히 특이한 의뢰가 아니라고 생각했다.
편지를 받은 것에 대한 감사의 뜻으로 당점의 요금체계를 첨부해서 보냈다. 디자인 요금은 선불로 받고 있다는 사실도.
며칠 후에 도착한 우편으로 연락한 대로의 금액이 도착했다.

디자인을 그려서 보냈다. 의뢰인은 마음에 들어 한 것 같았다.
역시 당신한테 의뢰해서 다행이라고. 실물을 고대하고 있다고 정중하게 말을 고른 듯한 후한 감사 인사가 적혀 있었다.

익숙한 공간에서 익숙한 도구를 쥐고 제작에 임하면서—.
의뢰인은 어떤 사람일지 문득 생각했다.
편지에서 특별한 사실은 엿보이지 않았다. 다만 어째서인지 이 고객이 이쪽의 모든 것을 꿰뚫어 보고 있는 듯한 이상한 느낌에 사로잡혔다.

종업원 클루에게 물어봤지만 “또 그렇게 여자라면 사족을 못 써서는” 하고 씩씩 화를 내기만 해서 아무 성과도 얻을 수 없었다.

며칠 후 의뢰받은 물건을 완성했다. 보석으로 장식된 금 액자.
분명 그녀가 마음에 들어 할 것이라는 묘한 확신이 있었다.

상자에 넣어 포장한 후 같이 보낼 편지를 썼다.
앞으로도 당점을 애용해달라고, 편지는 그런 정형문으로 끝냈다.
편지지를 접었다. 봉투에 넣어 풀로 붙이기—직전, 한 가지 아무래도 묻고 싶어졌다.

무시당해도 좋다, 답이 오지 않아도 좋다고 생각하면서 편지지 칸 밖에 질문을 썼다.
영업 편지에는 걸맞지 않은 너무나도 실례되는 추신을 썼다.
하지만 그녀는 용서해줄 것이라고, 이 또한 비밀스러운 확신이 있었다.
점주 스푸트니크는 편지지 바깥에 이렇게 한마디 썼다.

‘액자에 무엇을 장식할 생각이십니까?’

*

며칠 후.
역시 낯선 도시에서 편지가 도착했다.
내용은 물품에 대한 감사 인사, 그리고—.
칸 밖에 쓴 질문에 대한 답이 한마디 적혀 있었다.

‘멀리서 살아가는 사랑스러운 딸아이의 초상화입니다.’

후기

《보석을 토하는 소녀》 시리즈 1권의 표지를 처음 봤을 때 '마침내 만났구나'라고 생각했던 걸 기억합니다. 이번에 10권 표지를 보고 '마침내 여기까지 왔구나'라고 생각했습니다.

안녕하세요. 나미아토입니다. 보석을 토하는 소녀 시리즈의 최종권을 여러분에게 전해드리게 되었습니다.

길기도 하고 짧기도 한 신기한 5년이었습니다. 오른쪽도 왼쪽도 알 수 없었던 와중에 클루 일행과 함께 고민하고 생각하고 필사적으로 달려왔습니다……만, 지금 돌이켜보면 그저 '즐거웠다'는 마음만 강하게 남아 있으니 신기할 따름입니다.

그런 의미에서는 그들의 마지막 이야기를 가슴을 펴고 자신 있게 전해드릴 수 있게 되었습니다.

클루나 스푸트니크 일행의 세계는 여전히 앞으로도 이어져 나갈 겁니다.

뷔알톤 시로 여행을 떠난 클루는 클루롤 말고도 많은 사람들을 만나 배우고 성장해나갈 테고, 스푸트니크 또한 나츠나 엘사와 함께 리아피아트 시에서 상인으로서 사람으로서 많은 것들을 배우게 되겠지요. 유키나 소아란, 일라쟈와 같은 마법사들은(어쩌면 자보트나 랏슈를 끌어들이면서) '

타도 마법 소녀'를 위한 시끌벅적한 하루하루를 보낼 것입니다. 그들에게는 아직 여전히 동분서주하는 나날이 이어질 것입니다.

지금부터 앞으로 그들에게 있을 세계를 저는 쓸 수 없습니다.

다만 분명 그들은 무슨 일이 있어도 행복한 미래를 쟁취하겠지요.

감사 인사를 드립니다.

일러스트를 그려주신 케이 님. 케이 님께서 클루 일행을 이 세계를 그려주셔서 영광이었습니다. 집필로 고뇌할 때, 헤매고 있을 때 케이 님의 그림에서 수없이 도움을 받았습니다. 개성 강한 등장인물들을 이 세계를 생기 있게 그려주셔서 감사합니다.

담당 편집자님. 편집자님께서 없으셨더라면 이 이야기와 저는 지금 이곳에 없었을 겁니다. 담당 편집자가 되어주신 분이 당신이어서 다행이었습니다. 편집자님과 이 이야기를 만들어나가서 행복했습니다. 감사합니다.

온라인에서 변변치 못한 제 작품을 지켜봐 주신 독자 여러분. 서점에서 제 부족한 작품을 발견해주신 독자 여러분.

《보석을 토하는 소녀》와 연관된 모든 여러분.

오래 거들어주셔서 정말 감사합니다.

또 언젠가 나미아토로서 어딘가에서 만나 뵙게 되면 행복할 따름입니다.

-나미아토-

보석을 토하는 소녀 10

2021년 11월 18일 1판 1쇄 발행

저 자 나미아토
일러스트 케이
옮 긴 이 김현화
발 행 인 유재옥
본 부 장 조병권
담당편집자 조현진
편 집 조현진 정영길 조찬희 박치우
미 술 김보라 서정원
라이츠담당 한주원 이다정
디 지 털 박상섭 이성호 최서윤 김지연
발 행 처 ㈜소미미디어
인쇄제작처 코리아피앤피
등 록 제2015-000008호
주 소 서울시 마포구 토정로222, 403호(신수동, 한국출판콘텐츠센터)
판 매 ㈜소미미디어
마 케 팅 한민지 최수아
물 류 허석용
전 화 편집부 (070)4164-3962, 3963 기획실 (02)567-3388
판매 및 마케팅 (070)4165-6688, Fax (02)322-7665

ISBN 979-11-384-0409-9 04830
ISBN 979-11-5710-371-3 (세트)